小鬼の市とその他の詩

クリスティナ・ロセッティ詩集

翻訳 ＊ 滝口智子

鳥影社

THE FIRST SPRING DAY

小鬼の市とその他の詩
クリスティナ・ロセッティ詩集

＊

目次

小鬼の市とその他の詩　クリスティナ・ロセッティ詩集

母に
心からの敬意と愛をもって
本書を捧ぐ
＊クリスティナによる献辞

小鬼の市（ゴブリン・マーケット）

GOBLIN MARKET.

朝な夕なに
小鬼の呼び声を聞く乙女たち
「おいでよ買いに　いらっしゃい
ぼくらの畑のくだものを
リンゴにマルメロ
レモンにオレンジ
傷なし　つやつやサクランボ
メロンに木苺
ふんわり頰染めた桃
こんがり日焼けのマルベリー

のびのび育ったクランベリー
ミニリンゴに青い木苺
パイナップルに黒苺
アンズにイチゴ――
夏の天気に恵まれて
みんな一緒に実ったよ――
いくつもの朝をかさね
すてきな夕べをかさねて
おいでよ買いに　いらっしゃい
畑から摘んだばかりの葡萄だよ
ぷっくり丸い石榴《ざくろ》だよ
ナツメヤシに酸っぱいアンズ
みごとな梨に緑のスモモ
紫のスモモにブルーベリー
食べてごらんよ、ほらどうぞ

緑のスグリに赤スグリ
まっかに燃える野ばらの実
イチジクを口いっぱいに頰張って
南の国のシトロンを　味わってごらんよ
見てはすこやか　食べれば甘い
おいでよおいで、買いにおいでよ。」

夕な夕なに
小川の岸辺で　葦の葉のあいだで
ローラはかがんで　耳をすませて
リジィはほてった頰をおおい隠して
ひんやりとした空気のなか
ふたり寄り添いうずくまる
腕をくんでひそひそ声で
頰をそめて　指先をふるわせて。

「こっちにいらっしゃいな」と
きらきら光る金髪の頭をあげて言うローラ
「小鬼おとこを見ちゃだめよ
あのくだものを買っちゃだめ
飢えて渇いたあの根っこが　どんな土で育ったか
わからないから　怪しいわ」
「おいでよ買いに」呼びつづけてる小鬼たち
谷間をよちよち下りながら。
「だめよローラ」リジィは叫ぶ、「ローラ
だめよ　小鬼を見てはだめ」
リジィは見ないように目をおおった
しっかり目をつぶった
けれどローラは　つやつやした頭を伸ばして
さざなみ立つ小川のようにささやいた
「見て、見て、リジィ、

谷あいを降りていくわ　小さなおじさんたちが。
籠を引きずるひとがいる
お盆を運ぶひとがいる
金のお皿をかかえたひともいる
ずっしり重そうなお皿よ
こんなに甘そうな葡萄が実るのは
どんなにきれいな畑かしら
実のなる樹々をわたる風は
どんなに暖かいことかしら」
「だめよ」とリジィ、「いけませんてば
あんなくだもの欲しがっちゃ。
いまわしい贈りものよ　からだに毒よ」
リジィはえくぼのある指で　両耳をぴったりふさぎ
目をつぶって駆け出した
ローラはなおも立ち去りがたく

小鬼のひとりひとりをじっと見た。
猫の顔したひともいる
しっぽを振ってるひともいる
ネズミみたいに走るひと
蝸牛《かたつむり》みたいにねっとり這うひとも。
ふさふさウォンバットみたいに　のっそり歩くひと
アナグマみたいに　あたふた転がりまわるひと
やがてみんながいっせいに　鳩のようなくぐもり声で
くぅくぅ鳴いた
ここちよい空にひびくその声は
やさしくて　愛があふれるようだった。

　ローラはほのかに光るうなじをさしのべた
葦の葉に囲まれた白鳥のように
川の辺《べ》に咲く百合のように

月に照らされたポプラの枝のように
最後の舫《もや》いがはなたれて
水面《みなも》にすべりだす小船のように。

　苔むす谷間をのぼり
小鬼がどやどや戻ってきた
甲高い声で呼びながら
「おいでよ買いに　いらっしゃい」
ローラのいるところまで来ると
みんなぴたりと立ちどまり
互いを横目で見た
へんてこな仲間たちが
互いに目配せした
ずるそうに目と目を見交わした。
ひとりは籠を地面に置いて

ひとりはお盆を持ちあげて
ひとりは蔓や葉やざらざらした木の実で
冠を編みはじめた
（あんなの町には売ってやしない）
ひとりは重い金いろの皿をさしだして
くだものをすすめた
「おいでよ買いに　いらっしゃい」と呼びながら。
ローラは息をとめてじっと見つめる
食べたくてたまらないのにお金がない
しっぽのはえた商人が
蜜のような甘い声で味見をすすめ
猫顔がごろごろ喉をならし
ネズミ走りは「ようこそ」と言って
蝸牛じみたのがもごもごつぶやく。
鸚鵡《おうむ》の声をした陽気な商人は

「可愛いお嬢ちゃん」と言うつもりでつい「可愛い小鬼ちゃん」

——

小鳥のようにさえずるものもいた。

甘いものに目のないローラはあわてて言った
「おじさんたち、わたしお金がないの
ただでいただくわけにはいかないわ
お財布には銅貨いちまいも
銀貨いちまいも入ってないの
わたしの持ってる黄金《きん》といえば
ヒースの野をわたる風に吹かれて
揺れるハリエニシダの花だけ。」
「金ならたくさんあるじゃないか　そらあんたの頭に」
みんないっせいに答えた
「金の巻き毛で買いな　俺たちのくだものを。」

"Buy from us with a golden curl"

GOBLIN MARKET.

ローラはだいじな金髪を　ひと房切りとった
ローラの瞳からひと粒　真珠よりきれいな涙がこぼれた
それから丸いくだものに、赤いみごとな果物に、むしゃぶりついた
岩から流れる蜜より甘く[1]
奮い立たせる葡萄酒より強く
水より澄んだ汁が喉をうるおした
こんなおいしいものがあるなんて
食べ飽きるなんてありえない
ローラは食べて、吸って、食べて、吸った
えたいの知れないくだものを。
唇がひりひり痛むまで吸い尽くした
それからくだものの皮を投げ捨てて
ひとつ種を拾いあげて
夜とも昼ともわからないほどうっとりして
ひとり家路についた。

　リジィは門のところで待っていて
戻ったローラをこんこんと叱った
「だめじゃない　こんなに遅くなるなんて
たそがれは　女の子にはよくないわ
とりわけ小鬼のいるような
谷間をうろうろしちゃだめよ
ジーニィのことを忘れたの
月明かりのもと小鬼と会って
えりぬきの贈り物をどっさりもらって
くだものを食べて　常夏の国の四阿《あずまや》で
小鬼のお花を摘んで
髪にかざった女の子
日が昇ってもそのことを
忘れられずに恋いこがれて

夜も昼も欲しがって
だけど二度と食べられず　やせ細って白髪が増えて
はつ雪ふる日に死んだ子よ
あの子のお墓には今だって
草いっぽん生えないわ
一年まえにひなぎくを植えてみたけれど
お花はひとつも咲かないわ
だからだめよ　こんなに遅く帰っては。」
「姉さん　だまって」とローラ
「おこごとはいらないわ
わたし　おなかいっぱい食べたのよ
だけどもっと食べたいの
明日の晩にもっと買いたいの」
こういって姉にキスした
「心配しなくて大丈夫

あした姉さんにスモモを持って帰ります
母樹の枝からもぎたての　みずみずしいスモモよ
サクランボもきっと食べてみて
わたしのかじったイチジクが
どんな味か知ったら驚くわ
かかえきれない大きさの
金のお皿に乗せられた
メロンはひんやり冷たくて
桃はびろうどみたいなの
葡萄の粒は透きとおって　種ひとつないのよ
かぐわしい大地に育てられて
あんなくだものができるのね
百合の花咲く岸辺の　澄んだ水を飲んで
甘い樹液が流れだすのね」

金いろの髪を寄せあって
ひとつ巣にこもる二羽の鳩のように
たがいの翼に包まれて
とばりの陰に身を横たえる
ひとつ茎に咲く二輪の花のように
舞い降りたばかりの雪ふたひらのように
小さな金の飾りをのせた
王様の持つ　ふたつの象牙の錫杖《しゃくじょう》のように。
月も星もふたりを見守り
風は子守唄をうたい
うたたねするフクロウは飛ぶのをひかえ
眠るふたりのまわりでコウモリが
羽をはためかせることもない。
頬と頬　胸と胸をよせあい
ひとつの巣のなか　かたく結ばれて。

朝はやく
一番鶏がときの声をあげるころ
ミツバチのようにかいがいしく　愛くるしく
ローラはリジィといっしょに起き出た
蜂蜜を採りにゆき　牛の乳をしぼり
家の空気を入れかえ　部屋をととのえて
まっしろの粉でパン種をこねた
かわいいお口が食べるお菓子をつくるため。
そしてバターをかきまぜて　クリームを泡立てて
家畜にえさをやってから　腰おろして縫いものをした
しとやかな乙女らしくおしゃべりをした
リジィはこころ晴れ晴れと
ローラはぼんやり夢うつつ
満ちたりた乙女と　気のふさいだ乙女

ひとりは昼の楽しさに　小鳥のように歌うたい
ひとりは夜を待ちこがれてる

　ようやく夕べが訪れて
ふたりは水差しを手にさげて　葦の川辺にやってきた
リジィはこころ穏やかに
ローラは燃えさかる炎を胸にひめ
深みから湧きでる水を　すくいあげた
リジィは紫と黄金《きん》のアヤメを摘んで
家路をふりかえり言った
「はるか遠くの岩山に　夕陽がもえて
いらっしゃい　ローラ、女の子はもうひとりもいないわ
おてんばな栗鼠《りす》の姿もみえないわ
小鳥も獣も　みんな寝しずまる頃よ」
だけどローラは藺草《いぐさ》の茂みでぐずぐずと

土手はすべりやすいわ　などと言った
　まだそんなに遅くはないわ
夜露も降りていないし　風もまだ冷たくないし
そう言って耳をすました、あのお決まりの
「おいでよ買いに　いらっしゃい」
小鬼の呼び声を聞きたくて
鈴ふるようにかろやかで
甘く優しい呼び声を。
だけどどうしても聞こえない
どんなに目をこらしても
駆けまわって　転がって
よちよち歩く小鬼が　ひとりも見つからない
生き生きとした　くだもの売りのおじさんが
仲間と連れ立っているどころか

ひとりもいない　谷あいに。

　とうとうリジィがうながした
「ローラ、はやくいらっしゃい
くだものを売る声が聞こえるけれど見ちゃだめよ
岸辺でぐずぐずしてないで
さあさあ　おうちに帰りましょう
星が出て　三日月が顔をのぞかせて
ツチボタルの光が瞬いている
帰りましょう　闇が濃くなるまえに
ここちよい夏の夜だけど
雲が出てきて暗くなれば
夜露にぐっしょりぬれてしまうわ
道に迷ったらたいへんよ」

ローラははっとして　石のように冷たくなった
それじゃあ姉さんばかりなの
「おいでよ買いに　いらっしゃい」の
小鬼の声が聞こえるのは――
あのすばらしいくだものは　もう買えないの
わたしばかりが見えなくて　聞こえなくて
あのみずみずしい園には戻れないというの――
ローラの命の樹は根元から萎《しお》れていった
こころがひりひり痛くなり　ひとことも言えなかった
薄やみに目をこらしても　何も見えなくて
水差しの水をぽたぽたこぼしながら　とぼとぼ帰った
そしてベッドに入り　横たわりじっとして
リジィが眠りに落ちたとみると
起きあがった、恋いこがれてどうしようもなくて。
満たされない願いに歯ぎしりして

胸もはりさけんばかりに泣いた。

くる日もくる日も　くる夜もくる夜も
ローラはむなしく待ちつづけた
たえがたい苦しみにむっつりと黙りこんで。
「おいでよ買いに　いらっしゃい」の
呼び声を聞くことは二度となかった――
谷あいでくだものを売る小鬼らの
姿を見ることは二度となかった
日が高くのぼるほどに
ローラの髪は薄く白くなっていった
きれいな満月が朽ちてゆき
やがてその火を燃やしつくすように
ローラはやせて　弱っていった。

ある日ふと　思い出したあの種のこと
ローラはそれを　南向きの壁ぎわに植えて
涙で土を濡らし　根づくように祈りつづけた
元気いっぱい芽吹くように願いつづけた
なのに何も出てこない
芽が出て　陽の光を見ることもない
みずみずしい樹液がながれることもない
目はおちくぼみ　唇はかさかさにしぼみ
ローラはいちずにメロンを夢見る
砂漠をさまよう旅びとが
砂を含んだ熱風に吹かれて
葉隠れの泉をまぼろしに見て
いっそう渇きにさいなまれるように。

おうちの掃除もせずに

鶏や牛の世話もせずに
はちみつも集めず　パン種もこねず
小川に水を汲みにもゆかず
ものうげに炉辺にすわり
ひとくちも食べようとしない。

　妹が日ごとに弱ってゆくのを見て
優しいリジィの胸は　心配ではり裂けそう
だけど苦しみをわかちあうこともできなくて
朝な夕なに　むなしく
小鬼の声を聞いていた
「おいでよ買いに、ぼくたちの
畑でとれたくだものを」――
小川のそばを　谷あいをゆく
小鬼の足音も　声もざわめきも

かわいそうなローラには
なにひとつ聞えない
慰めてあげたい　くだものを買ってあげたい
でももしそうしたら　いったいわたしはどうなるの
リジィはお墓のなかのジーニィを思い　怖くてたまらない
今ごろは花嫁になってたはずの女の子
だけど喜びいっぱいの花嫁になるまえに
病気になって死んでしまった女の子
一番きれいな娘ざかりに
冬のはじめの
はつ霜がきらめくころに
はつ雪が舞い散るころに。

　やがてローラはいっそうやせ細り
いよいよ　死の扉をたたくのも間近にみえた

そうしたら　リジィはもう怖いなんて
言っていられない
銀の硬貨を財布に入れて
ローラにキスして飛び出した、ハリエニシダの木立を抜けて
荒野を横切り　夕暮れの川辺にやってきた
そして生まれてはじめて
自分の耳で聞き　自分の目で見るための一歩をふみだした。

　リジィがそっとのぞくのを見て
小鬼たちはいっせいに笑い出し
よちよちそばに寄ってきた
飛んだり　跳ねたり　走ったり
ふっふっと息したり　ひゅうっと口笛吹いたり
くすくす笑ったり　手を叩いたり　コケコッコーと鳴いたり
コッコッと呼んだり　がつがつ食ったり

地べたをさっと拭いたり　草を刈ったり
優美に気取ってみせたり
不機嫌そうに顔をゆがめたり
上品そうなしかめつらもあれば
猫顔やネズミ顔もあり
アナグマやウォンバットの顔もあり
忙しそうなカタツムリもあり
鸚鵡の声を出すものや　ピーとさえずるものもあり
あたふた、あたふた、大あわて
カササギのようにさえずったり
ハトのようにパタパタ羽ばたいたり
魚のようにしゅっと滑ったり――
こんな小鬼たちが　みんなでリジィを抱きしめて
キスして　きゅっと挟んだり　さすったりして
背負い籠やお皿をせいいっぱい

さしのべて言うことは
「ほら見てごらんよ　俺たちの
赤茶いろした野生のリンゴ
つついてごらん　さくらんぼ
かじってごらん　この桃を
シトロンにナツメヤシ
欲しいのならばこの葡萄も
太陽のもとで日焼けして
ほんのり赤い梨だよ
枝つきのスモモだよ
枝からもいで　しゃぶってごらん
石榴もあるよ、無花果《いちじく》も」――

「おじさんたち」リジィは言った
ジーニィのことを思い浮かべながら

「わたしにどっさりくださいな」――
エプロンを広げて
銀貨をぽんと放りなげた。
「だめだよ　ここにおいでよ
すわって一緒に食べようよ」
小鬼たちは歯をむきだしてニヤリと笑う
「宴ははじまったばかりさ
まだ宵の口だし　あたたかいし
夜露もきらめいて
眠れないよ　こんな星の輝く夜は
またとない機会だよ
こんなくだものに出会うのは。
この色つやもじきにとんでしまうよ
みずみずしさもこれ限り
香りもあっというまに消えてしまうよ。

さあおすわり　おいしいうちに
一緒に食べよう　大歓迎さ　君みたいな子は
さあ楽しもう　ゆっくりくつろいでさ」――
「ありがとう」とリジィ、「でもだめなの
ひとりぼっちでわたしの帰りを待つ子がいるから
だからおしゃべりしている時間はないの。
そんなにたくさんあるというのに
ひとつも売ってくれないのなら
さきほどお渡しししたあの銀貨は
どうか返してくださいな。」――
すると小鬼たちは　頭をかきむしりはじめた
それまでは猫なで声で　尾を振っていたのに
見るからに不機嫌そうになった
不満たらたら　うなって歯をむきだした
お高くとまりやがって、と怒鳴った

ひねくれもの、あばずれめ、とはき捨てた
ののしり声がどんどん大きくなって
顔つきは獰猛になった
しっぽをびゅんと動かして
リジィを踏んづけて　突きとばした
ひじ鉄くらわせ　どすんと押して
爪できいっと引っかいた。
吠え立てて　にゃあにゃあ鳴いて　シッとしかって　あざけって
衣を引き裂き　靴下を汚して
髪をこれでもかと引っぱった。
やわらかな足をぐいと踏みつけて
手をおさえつけ　くだものを無理やり
食べさせようと　口に押しつけた。

白い肌と金いろの髪のリジィは耐えしのんだ

激流のなか　とりのこされた百合のように――
荒れ狂う波にあらわれた
青すじ走る岩のように――
泡だち吠えたてる海に
ただ一基《いっき》　すっくと立って
金いろの焔をとおくに届ける灯台のように――
白い花の甘い香りで
ミツバチやスズメバチの大群を引きよせる
たわわに実をつけたオレンジの樹のように――
誇らかな旗をひきずりおろそうと
攻めよせる敵に囲まれた
金いろのドームと塔の建つ
清く貴い都のように。

馬を水場に連れていくのは　ひとりでできても

いやがる馬に水を飲ませるのは　二十人でも無理なこと。
リジィをぎゅっとつかまえて　どんなに強くはたいても
なだめすかして誘っても　争っても
おがんでみても　いじめても
ひっかいても　青あざができるまでつねっても
蹴っ飛ばしても　倒しても
引き倒しても　なぶっても
リジィは口をかたく結んで
一言だってしゃべらない
押し付けられたくだものがけっして口に入らぬように
それでも心で笑ってた　くだものの汁が
顔中につくのがわかるから。
汁はあごのえくぼに溜り
首にたくさん筋をつけて　腐乳のようにふるえてた
とうとう邪悪な鬼たちは

リジィの抵抗に音をあげて
銀貨をぽんと投げかえし
くだもの蹴飛ばし　帰っていった
根っこいっぽん　種ひとつ　芽のひとつも残さずに。
地中深くにくねくねもぐりこんだり
きれいな輪っかのさざなみ残し
小川の流れに飛びこんだり
音もなく風にとびのったり
かなたに霞のように消えたりして　見えなくなった。

　ひりひり　ずきずき　いたむ傷
ものともせずに　リジィは走った
夜とも昼ともわからぬままに
土手を飛び越え　ハリエニシダの茂みをやぶり
谷あいの木立をすり抜けた

お財布のなかの銀貨が
ちゃりん　ちゃりんと音をたてる――
音楽のようにここちよいその響き。
リジィは走りつづけた
今にも小鬼の商人が
ののしりながら　あざけりながら
もっとわるさをしないかと怖れるように。
でも小鬼はいっぴきとして　追ってこないし
リジィは怖がってなどいなかった
風のように走るのは　優しい心のなせるわざ
息せききって急ぐのは　まごころのなせるわざ
胸には笑いがこみあげた。

　リジィは庭を駆けあがり「ローラ」と叫んだ
「さびしくなかった？

こっちにきて　キスして
わたしの傷など　気にせずに
抱いて　キスして　この汁を吸って
小鬼のくだものの絞り汁よ　あなたのためにもらってきたの
小鬼の果肉　小鬼の汁よ
わたしを食べて　飲んで　愛して
ローラ　わたしを好きにして
あなたのために　勇気をだして谷を下り
小鬼商人たちとやりあってきたのよ」

ローラは　はじかれたように椅子から立って
両手をおおきく上にあげ
髪をかきむしった
「リジィ　リジィ　わたしのために
禁断の果物を食べたの？

わたしのように光が消えて
わたしのように若い命が吸いとられて
打ちのめされて　破滅して
飢えて渇いて　病気になって
小鬼に呪われてしまうというの？」――
ローラは姉にしがみつき
何度もなんどもキスをした。
枯れていたはずの涙が
おちくぼんだ目からあふれて　流れおちた
長いながい日照りのあとで
土をうるおす雨のように。
おこりにかかったようにぶるぶる震え
かつえた口でリジィになんどもキスをした。

するとくちびるが灼けついた

なんて苦い汁なの　まるでニガヨモギ
こんなに不味いごちそうはない
執りつかれたようにローラはもだえ　とびはね歌をうたい
衣をすべて引き裂いて　悲しげにせかせかと手をもみしだき
胸をたたいた。
ふりみだす金の巻き毛が　踊って跳ねた
全速力のランナーが運ぶ松明のように
疾走する馬のたてがみのように
突き刺す光をものともせずに
太陽に向かう鷹のように
檻から解きはなたれた獣のように
進軍のかかげる　風にたなびく軍旗のように。

　血管をかけめぐるあつい炎が
心臓を直撃して　そこにくすぶる

小さな弱い炎を押さえこんだ
ローラは名づけようもない苦みを味わいつくす
ああ　なんておろかなの　魂を焼き尽くす
こんなものを欲しがっていたなんて！
瀕死の苦しみに　意識も遠のいた
地震で粉々にされた町に
砕け散った望楼《ぼうろう》のように
雷に打たれた帆船のように
風に翻弄されて
根こそぎ引き抜かれた樹のように
しぶき逆巻く竜巻が
まっさかさまに海に倒れこむように
とうとうローラは頽《くずお》れた
喜びを越えて　苦しみを越えて
待っているのは命　それとも死？

それは死から生まれた命。
その日　夜どおしリジィは　妹のそばで
かすかな脈をかぞえて
息をみまもり
唇をそっと水でうるおし
こぼす涙で　葉うちわで　ローラの額を冷やしてあげた
そして朝一番の鳥が軒先でさえずり始めるころに
早起きの農夫が　金の麦束光る畑に出るころに
朝露にぬれた草が
吹き過ぎる風に頭をゆらすころに
新しい一日に　小川のほとりに
百合の新しい蕾の杯が花ひらくころに
ローラは夢からさめたように目覚めて
むかしみたいに無邪気に笑った

リジィをなんども　なんども抱きしめた
金の巻き毛が輝いて　白髪はいっぽんもみえなくて
息は五月の花の甘い香り
瞳にはきらきら光が踊っていた。

月日は流れ　年月がすぎて
のちに　ふたりの姉妹は
幼い子らのいる妻になった
母親らしい気づかいで
いとしい命と結ばれた毎日の暮らし。
ローラは　幼い子らを呼びあつめ
若き日々のことを語り聞かせた
もうかえらないあのころのこと
もう過ぎ去った楽しい日々のことを。
そして怖い小鬼の谷のことを

邪悪で奇妙な　くだもの売りのことを
食べると蜜のように甘いけど
体にはいり血になると毒に変わるくだもののことを　語り聞かせた。
（あんな食べ物　どんな町にも売ってやしない）
母さんの姉さんが命がけで
炎のような毒消しを
持ち帰ってくれたことを　語り聞かせた
それから小さな手と手を重ねあわせて
けっして離れないでね、と言い聞かせた
「嵐の日も穏やかな日も
姉妹ほどにつよい絆で結ばれた友はいないのよ
疲れた日には励ましあって
道をそれたら手をさしのべて
倒れたら立ちなおらせて
どんなときにも力づけてくれる　それが姉妹なのよ。」

小鬼の市

インド、ジャンシの砦にて

一八五七年六月八日

In the Round Tower at Jhansi, June 8, 1857.

百にひとつ　千にひとつの希望すら
　残っていない　この世には。
塔の下　吠え哮《たけ》り押しよせる
　群衆が膨れあがる。

スキーンは蒼ざめた若妻を見つめる——
「もう終わりなのね？」——「もはやこれまでだ！」——
若く　強く　命あふれるふたりが
　深い苦悩にことばもなく。

かたく妻を抱きしめて
　頬を寄せあい
拳銃を妻の額に押しあて――
　神よ　かれらを許したまえ！

「きっと苦しいのね」――「心配はいらない
ああ　君の痛みを背負えたなら」
「いいえ　あなたの痛みを背負いたいの
　さあ　撃って、こわくはないわ」

ふたりはキスを繰りかえし　「つらくない
　こうしてくちづけして　死ぬなら。
さあもういちど」――「もういちど」――
「さよなら」――「さよなら。」

夢の国

DREAM LAND.

陽のささない河が　涙ながらに
海を求めて流れるあたり
乙女は魔法の眠りにつく
　どうか起こさないで
ひとつの星にみちびかれ
喜びの薄闇の地を求めて
　遥かな地からやってきたから

冷たく寂しいたそがれと
泉をもとめて

ばら色の朝と小麦畑を
　後にした乙女
ヴェールのような眠りをとおして
蒼ざめた空を見て
寂しくうたう
　小夜啼鳥《さよなきどり》の声を聞く

眠れ、眠れ、ふかい眠りが
乙女の額を　胸をつつむ
その寝顔は西方の
　くれないの国を向く
もう見ることもない
丘や野に実る瑞穂《みずほ》を
もう感じることもない
　その手に降りそそぐ雨を

眠れ、眠れ、永遠に
苔むす岸辺に
眠れ、眠れ、こころゆくまで
　時の終わりまで
苦しみに目覚めない眠り
朝の日にやぶられない夜の帳《とばり》
喜びがふかい安らぎに
　届くときまで

故郷にて

At Home.

死んだわたしの魂が
　むかしなじみの家に向かった
ドアを抜けると　葉の繁るオレンジの樹の下で
　宴《えん》がたけなわだった
友はワインを酌《く》み交わし
　スモモや桃を頬張って
歌をうたい　からかいあい　笑いさざめき
　愛し愛されていた。

くつろいだおしゃべりに耳をすますと

誰かが言った　「あしたは何もない砂浜を
あてどなく歩こうか
　どこまでも行こう　海を眺めて」
またひとりが　「潮の流れが変わるまえに
見晴らしのいい高台にのぼろう」
もうひとりも言った　「今日とかわらぬ明日でも
　もっと楽しい一日ね」

「きっと明日は」　みんなが言った、　こころときめかせ
　ここちよい小径を思い
「きっと明日は」　大きな声で口々に
　きのうを思い出すこともなく。
みんな光に包まれて　祝福されていた
　そこにいないのは　わたしだけ
「きっと明日は今日よりも」　みんなが声をあわせた

わたしだけが　きのうのひとだった。

わびしさに　うちふるえ
それでも冷たい視線をなげずに
忘れ去られて　うちふるえ
とどまるのも　立ち去るのもかなしくて
それでもやがて　なつかしい部屋をあとにした
たった一日しか残らない
客の思い出のように　あたたかな愛の暮らしから
忘れ去られたままで。

故郷にて

三人娘

A TRIAD.　　Sonnet《ソネット》

三人娘が声あわせ　愛の歌をうたった。
　頬も胸もほてった娘は　紅いくちびるをあけて
黄金《きん》の髪　指の先までかがやいた。
　なめらかな　やわらかな　雪の肌もつ娘が
うたう姿は　品評会で花ひらく　薄桃色の風信子《ヒヤシンス》。
愛をなくした娘は　思い焦がれて蒼ざめて
　耳障りに鳴る　弦の切れた竪琴
みなの歌を　とぎれとぎれに繰りかえす。
ひとりは愛の汚名にまみれ　ひとりは空虚な愛に生き
　ふくよかなしどけない妻になり

三人娘

ひとりは愛を求め　餓《かっ》えて死んだ。こうして三人のうち
ふたりは愛ではなく死をかちとった、苦しみのすえに。
のこりのひとりは肥えた蜜蜂　甘い暮らしにのらりくらり。
みな戸口までは行ったのに　満たされた人生に届かなかった。

北から来た恋人

Love from the North.

わたしの恋人は　やさしい南の国のひと
　愛にあふれて　四月と五月の日々
小さなささやきも　うけとめて
「ノー」と言わないひとだった

わたしの悲しみによりそって
　楽しさはわかちあい
髪いっぽんの違いもなくて
　イエスもノーも　わたしと同じ

婚礼の日がやってきた　側廊は花と光に
　みちあふれているのに
わたしの心は揺れていた
「もう遅い　いまさらノーと言えないわ」――

花婿の誓いの言葉に　わたしも続き
「イエス」と言おうとしたときに
光る身廊の奥から争う気配がして
　響きわたった「ノー」という声が。

ブライドメイドも花婿も　息をのんで立ちすくむ
　わたしは追いつめられて　顔を上げ
「いったいどなた、わたしのイエスを
　ノーとおっしゃりさえぎるなんて」

それは北からやってきた　たくましい男
　かがやく巻き毛　灰いろの危険な瞳
「イエスはとっておけ　別の機会に。
　そうすれば俺はノーと言いはしない」

男は力強い白い腕でわたしを抱え
　馬に乗せて教会から連れさった
険しい岩山を越え　沼地をぬけて　危険な崖をかけおりた
　イエスかノーかも　わたしに聞かずに。

こうして彼に　書物と鐘で留めおかれ
　愛の鎖でつながれて　わたしはいま
ノーという気持ちも　気力も
　意志も　願いもない。

北から来た恋人

冬の雨

WINTER RAIN.

谷あいをはぐくんでゆくもの　それは雨
　茂みにも　小さなかくれた窪《くぼ》みにも
優しく降ってしみわたる
　緑いっぱいの春がすぐそこに。

あと少し　いくつか週をかぞえたら
　森も生垣も　元気いっぱい芽をのばし
ふわふわの衣　かちかちの衣
　筋ばった殻《から》を脱ぎすてて

緑の葉で　小鳥が連れ合いにであう
　愛の四阿《あずまや》を編むでしょう
母鳥が卵と暮らす巣のうえに
　日よけの屋根を編むでしょう

だけど命はぐくむ雨なしでは
　花いちりんも咲きません
しっとり濡らす時雨《しぐれ》なしでは
　つぼみひとつ　葉いちまいも育ちません

ゆらゆらゆれる樹のうえで
　つがう小鳥も
野で草を食む
　羊も牛もいないはず

陽のさす明るい牧場《まきば》に暮らす
　ふんわり白い子羊も　みまもる親羊も
食べる草ひとつ見つからない
　冬の雨がなかったら

くらい日陰に苔も生えず
　おおきな瞳の雛菊《ひなぎく》に
いろどられた野に
　草が揺れることもないでしょう

見わたすかぎり砂漠がつづき
　若者や乙女があゆむこともなく
地の百合や　水面《みなも》の百合が
　花咲くこともないでしょう

冬の雨

従姉妹ケイト

COUSIN KATE.

わたしは素朴な村むすめ
　光と風にさらされて
村の暮らしに満足で　自分のことを
　きれいだなんて　思いもしない日々だった
それなのになぜ　領主さまが
　ある日　わたしを見つけたの
亜麻色の髪をほめてくださったの
　それいらい　苦しみばかりつづきます。

あの方に　お屋敷に誘いこまれて ——

ああ　なんてこと　楽しくて——
愛されて　なぐさみものになって
恥知らずな暮らしをしたの
絹のリボンのようにもてあそばれて
手袋のように使いすてられて
そしていまは　嘆きつづける汚れた女
きよらかな小鳩だったのに。

ああ　レディ・ケイト、わたしの従姉妹《いとこ》
わたしよりきれいになった女の子
ある日おうちの門のそば　あなたの姿を
見かけた彼は　あなたを選んでわたしを捨てた。
小径を歩み　ライ麦畑ではたらくすがたを
あのひとはじっと見つめてた
つましい暮らしからひきあげて

自分のとなりにすわらせた。

清らかな娘《こ》だからと
あのひとは指輪を贈り　あなたを自分のものにした
清らかな娘《こ》と　あなたは村人にほめられて
捨てられた娘と　わたしは指をさされ
泥にまみれて泣きさけぶ
あなたは金いろをまとってうたう
どちらの方が愛情深いむすめなの？
あなたの方が強い翼で舞いあがった　それは確かでしょうよ。

ああ　従姉妹のケイト、　わたしの愛は真実だった
あなたの愛は砂に書いた文字
もしも欺かれたのがあなたなら
あなたがわたしの立場なら

わたしは彼のものにはならない
　どんなに広い土地があっても　わたしを買えない
わたしならあのひとの顔につば吐きかけて
　結婚なんかしなかった。

だけどわたしが受けとった　あのひとからの贈りもの
あなたが持ってないものよ　今も　そしてこれからも。
どんなにきれいな衣装も　婚約指輪も
かないはしない　おあいにくね。
わたしの恥　わたしの誇り　金いろの髪のこの息子
　さあおいで　離れないのよ
おまえはいつか　父の土地をもらい
　手にするわ　領主の冠を。

貴族の姉妹

NOBLE SISTERS.

「お姉さま、　ねぇお姉さま
　教えておねがい　見たでしょう
冷たく澄んだ朝の空から
　わたしの窓辺に舞いおりる一羽の鷹を
首の鈴をりんりん鳴らし
　翼の下になにか運んでいたでしょう
贈りものは　りぼん
　それとも指輪？」——
　　「明けがたに
　　　たしかに鷹が舞いおりたわ

わたしの小鳩　かわいいあなたのために
　追い払ってやったわ　盗人を。」――

「すらりとした　きれいなお姉さま
　見かけたかしら　赤茶いろの猟犬を
わたしの庭で嗅ぎまわり
四阿のそばで伏せたりするのを
絹のくびわを巻いていて
　口にくわえていたはずよ
金のくさりと銀のかざりを
　それかわたしへのお手紙を。」――

「そうね　猟犬が月に向かって吠えてたわ
　良家の娘が　目をさますには
まだ朝早すぎたから
　追いはらってやったの。」――

「それなら　かわいい小姓と会ったでしょう
　門のうえに腰おろし　からだを揺らし
小鳥のように口笛吹く子よ。
　寝坊でもしたのかしら
子鷲《こわし》の刺繍のついた帽子と手袋を
　身に着けていたでしょう
その子のポケットを裏返せば
　愛のことづけが見つかったはず。」――
「たしかにいたわ　夜明けごろ
　東の空に朝焼けがくるまえに。
門のきしむ音があなたを起こさないよう
　家に帰ってベッドにお入りと追いかえしたわ。」

「お姉さま、もうひとつだけ聞きたいの

背の高いたくましい若者を見たでしょう
善きを助け　悪しきをくじくため
風のように走る若者よ
荒涼とした海を越え　はるばる帰ってきたのよ　ふるさとに
わたしを妻に迎えるために。
ふたりの心はひとつに
ふたりの命はひとつに　結ばれてるの。」——
「たしかに見かけたわ　名も知れぬ男が
あなたの部屋の扉のそばをうろつくのを。
だから言ってやったのよ、あの娘にはもう夫がいて
たがいに負けないくらい愛しあっていると。」——
「なんてこと、お姉さま、なんてこと！
なぜそんな嘘をつくの
あのひとは　わたしの心に決めたひと

死ぬまで愛するつもりなの
それなのになんてこと　そんな嘘で傷つけて
追い払ってしまうなんて。
地の果てまでも追っていくわ　あのひとの後を
悲しみにくれて　死ぬまで追っていくわ。」――
「旅立つがいいわ　悲しみにくれて
見出すがいいわ　悲しみのなかで。
あくまでもお父さまの名を汚すつもりなら
あなたをどこまでも呪ってやる。」――

"I marked a falcon swooping"

NOBLE SISTERS.

春

SPRING.

冬じゅうずっと　凍てつく霜に覆われていた
種や根や果実の芯が
あらたに芽吹くとき　樹液をめざめさせ
高くたかく　のぼらせるのはどんな力なの
やわらかな芽や
葉や野原の草や穂は
地中深くにかくれた命が
墓のなかで死がはぐくむ命が
いま動きだしたと告げる。

雪をとかす風がやさしく吹き
雨が大地をしっとり濡らし
ときおり太陽が顔をだすと
若草がめざめ　大地に萌え出る
若葉が生垣を覆い
種も根も果実の芯も
樹液でふくらみ芽吹きはじめる
小径では羊歯の葉が　丸めた頭をのばし
小鳥たちはふたたび歌をうたい　つがいになる。

春のような季節はまたとない
なにもかも命にあふれ
やがてひな鳥が歌いはじめ
ツバメが道なき道をたどり
旅から帰る　それを待つ季節――

神さまがかれらの翼をみちびく
足りないものが何もないように——
やがて雛菊がいつもの花を咲かせ
昼時には太陽が地上を
焼きつくす　それを待つ季節。

春のような季節はまたとない
通りすぎてゆく春
生まれては死んでゆく　春のような命はまたとない——
土をつきやぶり
ものさびしい大地を覆い
巣の中でかえり
風の吹きすぎる枝のうえで巣立ちをし
強い翼で飛びたつ春のいのち
通りすぎてゆく　春のような季節はまたとない

あたらしく生まれ　そしていま
春は　死にいそぐ。

グラスミアの子羊たち、一八六〇年

THE LAMBS OF GRASMERE, 1860

高地に暮らす羊たちは　お腹をすかせてやせ細った
　羊飼いには十分なえさがなく
母さん羊にはお乳がなく
　子羊は追いやられ　みなしごになって
母さん羊のお乳を欲しがる
　子羊の哀しげな鳴き声が響きわたり
母さん羊の亡骸がどこまでも
　草のない水浸しの地を白く埋めつくした。

朝も夕も　くる日もくる夜も

羊飼いが子羊を一頭一頭まわり
めぇめぇ鳴く口にティーポットをはこび
　母の代わりに滋養をあたえた
震えながら口をあけて待つ子らは
　やがてその足音を聞きわけるようになり
世話する人の手に身をよせて
　ふわふわの頭をこすりつけた。

それから日をかさね週をかさねると
　子羊たちは元気に頭やしっぽを動かして
草原を跳ねたり駆けたりしはじめた
　それはなんて愛らしい眺め
優しく甘えるようにめぇめぇ鳴いて
　ごつごつした岩や丘のうえで休んで
かつてじぶんを探してくれた

グラスミアの子羊たち、1860年

大好きなひとの後をついてまわった。

こんなふうに群れを世話した羊飼いや
愛にあふれた　やさしい無垢な子羊たちは
いつまでも　かたりつがれ
ほまれをうけるに　ふさわしい
これからわたしが百年生きて
どんな異郷に流れ着いても
けっして忘れはしない　洪水のあった春のこと
ウエストモアランドの救われた子羊たちのこと。

グラスミアの子羊たち、1860 年

"With teapots for the bleating mouths"

THE LAMBS OF GRASMERE, 1860.

誕生日

A BIRTHDAY.

わたしの心は　雫《しずく》にぬれた若草に
　巣をかけてうたう鳥のよう
わたしの心は　枝もたわわに実をつけた
　林檎の樹のよう
わたしの心は　のどかな海にあそぶ
　虹いろの貝のよう
わたしの心は　それより嬉しい
　愛するひとが　来たのです

絹と羽毛の玉座をしつらえ

栗鼠《りす》の毛皮と　深紅の布をひろげ
鳩やざくろの紋様と　百の目をもつ
孔雀の羽根を刻んでください
金銀の葡萄と葉　銀いろの
百合の紋を飾ってください
きょうはわたしの　命の誕生日
愛するひとが　来たのです

思い出して　ソネット

REMEMBER.　Sonnet

わたしを思い出して　わたしが遠い
沈黙の地に去ったあとに
もうあなたが　この手をとることもかなわず
わたしが去り難く振りかえることもない　そんなときに。
思い出して　もうあなたが毎日まいにち
思い描くふたりの未来を語れなくなったときに
ただ思い出すだけでいいの　そのときは
あれこれ願っても求めても　遅すぎるから。
でももしも　あなたがひとときわたしを忘れて
あとで思い出しても　悲しまないで

暗闇に消え　土にかえっても　わたしの心が
面影のようにこの世に残るなら
あなたがわたしを思い悲しむよりも
わたしを忘れて微笑む方が　ずっといいから。

死後に　ソネット

AFTER DEATH.　Sonnet

とばりは半ば下ろされて　掃き清められた床には
藺草が撒《ま》かれ　ローズマリーと山査子《さんざし》の葉が
わたしの横たわるベッドに　厚く敷きつめられて
格子窓にからまる蔦《つた》の葉が　影を落とす。
あの人は　わたしが眠りについて何も聞こえないと思いこみ
ベッドに近づきささやいた、
「かわいそうに　かわいそうに」　そして背を向けると
深い沈黙が訪れた――そう　あの人は泣いていた。
死装束に指をふれることも　顔を覆う布をあげることもなく
わたしの手をとることも

枕にとりすがることもなかった。
わたしが生きていた時は　愛してくれなかったあの人も
今は哀れんでくれる。こうして冷たくなっても
わたしは嬉しい、あの人が今もあたたかいのが　わかるから。

終焉

AN END.

「死」よりも強い「愛」が死んだ(2)
彼の寝床をつくろう
枯れゆく花たちのなかに
枕辺には緑の芝草
足元には石をおこう
静かな夕暮れに
腰をおろせるように

かれは春に生まれて
収穫《かりいれ》を待たずに死んだ

夏の終わりのまだ暖かな日に
去っていった、冷たい灰いろの
秋の黄昏《たそがれ》を見ることなく。
墓のそばに腰おろし　うたおう
彼は旅立ったと

低い声でさびしく　弦をとぎれとぎれに
鳴らしてうたおう
時の過ぎゆくままに
濃い影のおちる芝草を見つめて
そして憶《おも》いおこそう
とおい昔に過ぎさったすべてのことを。

わたしの夢

My Dream.

昨夜見た不思議な夢の話を聞いてください
ひとつひとつの言葉をはかり　篩《ふる》いわけた真実なのです

　わたしはユーフラテス河のほとりで水面《みなも》を見つめていました
すると　いにしえのヨルダン河が溢れるごとくに膨れあがり(3)
目にも鮮やかな色に染まりました
数多《あまた》の身重の波から　ワニの赤ん坊がわらわらと
生まれてきたのです、ひょろ長い無表情の一群は
孵化したばかりのようで　生まれたての雫《しずく》にまみれていました
そのあとをお話しするのは　ためらわれます
どんなに親しい友でも　あり得ないと思うでしょうから

話さない方がよいのかもしれません
でももしもよかったら　最後まで聞いてください

　ワニたちはずっしりした金と磨きぬかれた宝石を
身にまとい　それらと共に成長しました
なかでもとびぬけてりっぱに育ったワニは
王者の帯と冠を身につけて
胸を飾る王冠　宝珠《ほうじゅ》　王笏《おうしゃく》は
鱗の上にぎっしり並び　緑いろに輝いていました
背中を覆う鱗もとくべつな光を放ち
眉間の皺は格段の脅威をかもし出していました
小さなワニたちは　筏《いかだ》のように幅広く殻竿《からさお》のように凶暴な
王のしっぽを前にして震えるばかり。
こうして彼は一族の長、一族の王になりました
でも、ああ　なんという悲劇が起こったことでしょう

"So he grew lord and master of his kin"

MY DREAM.

忌まわしい食欲がわきおこった王は　みなを喰らいはじめ
ばりばりと噛み砕き　呑み込んでいったのです
もとより掟《おきて》知らずの王のこと、怖れもせずに
情け容赦なく仲間をすりつぶすと
極上の肉汁が顎をつたい
鼻から眼からあふれ出ました
なおも飢えた死神のようにむさぼりつづけ
やがてすべてのワニを葬りさり
腹いっぱいになり満足すると
眠りにつきました、くぐもった息遣いで四肢をゆったり伸ばして。
すると奇妙なことが起こりました
眠るうちに　王はふつうの小さいワニに萎《しぼ》んでいったのです
帝国のすべてが鱗から消えたとき
遠くから帆を翼のようにふくらませた船がやってきました
燕のようにすばやく　焔のようにゆらめく船は

積荷があるのか　それとも軍隊が乗っているのか
復讐に燃える白い亡霊のようでした
滔々《とうとう》と流れるユーフラテス河を鎮めて
おごそかに　漂う塵のようにかろやかに進んでいました
何の力も加えないのに河は凪ぎ
波ひとつ　さざめきひとつたちません
するとどうでしょう、くれないの影が河岸にかかり
賢明なワニは　それを見るなりすっくと二本足で立ち
きちんと涙を流して　両手をもみ絞りました

いったいどんな意味かしら、とあなたは問うのですね
わたしはそれに答えず　自らに同じ問いかけをするだけ――
そうしてまたわたしが見たとおりのことを語ってゆくのです。

うた　（若い息吹に　薔薇を）

SONG.

若い息吹に　薔薇を
　いのちの至高の輝きに　月桂樹を
でもわたしには　蔦《つた》の小枝をください
　かがやくまえに老いたわたしに

若すぎた死者の墓に　菫《すみれ》を
　輝きのさなかに逝く者に　月桂樹を
でもわたしには　あのころえらんだ
　枯れ葉だけが　ふさわしい

時と幽霊

THE HOUR AND THE GHOST.

花嫁

お願い　わたしをしっかり抱いていて
あのひとがわたしたちを引き離そうとするの
突風に　おしよせる冷たい海に
今にもさらわれてしまいそう
はるかかなた　丘や松の木々の向こうに
きらめく光が　わたしを呼んでいるわ

花婿

こうしてすぐそばにいるから

何も怖いことなどないよ
ただ遠く北の空に　星が輝くだけさ

幽霊

さあ来るんだ　美しい裏切り者よ
ふたりの家にかえってこい
おまえを呼ぶのは俺の声だ
かつて俺が愛をささやき「おいで
ふたりのまっさらの愛の巣へ」と呼びかけたとき
おまえは少しも怖がらなかったじゃないか——
さあ来い　飛沫あわ立つ海を越えて

花嫁

もうしばらく　わたしをしっかり抱いていて
過去のことで　あの人がわたしをなじるの

つかむ手の力がどんどん強くなる
しっかり抱いて、抱きしめて
あなたの傍から引き離されないように
ああ　もう連れ去られてしまう
あの人がわたしの魂に命じるの
ここを立ち去れ　冷たい世界に来いと——
昔あんな誓いをしたばっかりに！

花婿
しっかり僕に身を寄せて　目を覆うんだ
ここには僕たちしかいない　大地と空があるだけだ
気を確かにもつんだ

幽霊
しっかり俺に身を寄せて　こっちへ来い

俺がおまえをちゃんと案内してやる
来るんだ　ここに長居するつもりはない
早くしろ　家と寝床の準備もできている
安心できる寝床と家だ
よい時もわるい時も　と誓っただろう
死がふたりを分かつとも、だ
断末魔の苦しみのなかで勝ちとる栄冠だ
昔の誓いに有終の美を飾ろうじゃないか

花嫁

ああ　待って　もう一言だけ言わせて
この胸の鼓動が止まるまえに
意識が遠のいて　呼吸がついに止まるまえに。
お願い　わたしを見捨てないで
わたしがかつて　あのひとを忘れたように

忘れたりしないで
お願い　いつまでもわたしのことを思って
どうか心変わりしないでね
寂しい冷たい冬の夜に
わたし　きっと戻ってくるから

花婿
落ち着くんだ　気を確かにもって
怖い夢は終わらせよう　誰も死にはしない
僕たちは何も変わらない　だから安心するんだ

幽霊
美しく弱き罪びとよ
おまえには惨めな末路が待っている!
愛する男のもとへ戻るがいい

心変わりした奴に冷たくあしらわれるだけだ
俺がかつて経験した
あの終わりなき苦しみをおまえも味わうがいい
もっと美しい女が
おまえの後に座を占めて
その男の愛をひとり占めして　子供を生むだろう――
そして俺とおまえのふたり
荒れ狂う嵐になぶられ
風に煽《あお》られて泣きわめき　きりきりと回り続けるのだ

"Come with me, fair and false"

THE HOUR AND THE GHOST.

時と幽霊

夏の願い

A SUMMER WISH.

しずくに濡れる美しい薔薇
　楽しめよ　その命尽きるまで
夕暮れの露を地にこぼし
昼の光満ちれば
あらたにしずくを集めるがいい
　喜びを与えるために
生まれてきた薔薇よ

よろこび溢れて空翔ける鳥
　歌いはじめよ　しずかな空で

雲の隙間からさす光に
ながれる雲に向けて
おまえの歌をたからかに
　だれが聴いていようとも
心ゆくまでうたうがいい

ああ　わたしもそうであればいい
　蝶や蜜蜂のために
その枝を伸べて
夏の朝を咲かせる
薔薇のように ——
　棘があっても気にせずに
花ひらくことができたなら
ああ　この憧れがかなうなら

光のなかで歓びうたい
翔けあがる鳥に似て
ときが満ち
昼のひかりが去ったとき
　清らかなしずくに守られて
もういちど眠りにつけたなら

夏の願い

林檎摘み

AN APPLE GATHERING.

わたしの育てる林檎の樹から　薄紅いろの花を摘み
　ひと晩髪に挿しました
実りのときがやってきて　見に行くと
　林檎はひとつもありません

からっぽの籠をぶらさげて
　来たときと同じ小径を帰ります
手ぶらのわたしを見かけると
　近所のみんながからかった

リリアンとリリアスが微笑みながら行きすぎる
　わたしを嘲るような　籠いっぱいの林檎
夕暮れの空の下　きれいな声で歌って帰る
　お母さんの待つ家は　もう近い

ふっくらしたガートルードが重そうな籠を下げて
　わたしを追いこしてゆく　頼もしい手に助けられて。
ひんやりした木陰で彼女と話すその声は
　歌よりもわたしの耳にここちよい

ああ　ウィリー、ウィリー、わたしの愛よりも
　重なりあう葉陰に実る林檎の方が大切だったの？
地上に実るどんなに赤い林檎より
　愛の方がはるかに大切だと思っていたのに

この小径で身を寄せあって　ほほえみあって
　語らったわたしたち
あの頃のようにいっしょに歩くことは
　　二度とないのね

近所のひとが　三々五々に　わたしを追いこしてゆき
　最後のひとが　冷えこむ夜に足をはやめた
だけどわたしはいつまでも　とぼとぼ歩いてゆきました
　　夜露がしっとり降りたつなかを

うた　（ひとつの枝に）

SONG.

ひとつの枝に　二羽の鳩
ひとつの茎に　二輪ひらいた百合の花
ひとつの花に　ふたひらの蝶
眺めていればなんて幸せ

手に手をとって　見つめれば
薔薇色の　夏の光に照らされて
手に手をとって　見つめれば
夜が来るのも忘れさる

モード・クレア

MAUDE CLARE.

教会から出ると尊大な足取りで
　新婚のふたりを追う女性《ひと》がいた
花嫁は村の乙女という風情
　モード・クレアは女王のようだった

「トマス」と花婿の母が
　泣きそうな笑顔で語りかけた
「長年連れ添ったわたしたちのように
　ネルとお前もお互いに　真心を尽くしておくれ

「三〇年前のこと　お前の父にも
　同じことがあったのですよ
でもお前もネルも　あの頃のわたしたちよりも
　もっと蒼ざめているのね」

ふたりはたしかに蒼ざめていた——花婿は内心の葛藤のゆえに
　ネルは自尊心ゆえに。
花婿はやはり蒼ざめたモード・クレアを
　じっと見つめて　そして花嫁に口づけをした

「受けとってくださいな、あなたへの
　贈りものを」モード・クレアは口をひらいた
「新居の炉辺を　食卓を　新婚の寝床を
　祝福したくて　持ってきたの

「これはあなたとわたしが身に着けていた
　おそろいの金の首飾り
あの日谷間でふたり　足首まで浅瀬に入り
　百合をさがして歩いたわ

「これは芽吹いたばかりの枝から
　一緒に摘んだ葉よ、　色褪せているけれど。
そう　百合の葉叢《はむら》に足を踏みいれた日に――
　あの百合も　蕾がふくらむころね」

当てこすりに言いかえす言葉が見つからず
　彼はその場によろめいた
「きみ」　ようやく声を絞り出し――　「モード・クレア」と――
　「モード・クレア嬢」――　そして顔を覆った

彼女はネルの方に向きなおり「レディ・ネル、
　あなたにも贈りものよ
果実にたとえれば色艶は失せて
　花にたとえれば萎《しお》れているけれど。

「それは移り気な心　しみったれた愛情よ
　わたしのものだったけどあなたにくれてやる
受けとるもやめるも好きにすればいい
　わたしはもう足を洗ったわ」

「それならいただくわ」ネルは言った、「あなたが捨てたものを。
　身に着けるわ　あなたが足蹴《あしげ》にしたものを。
どんなことがあっても　こうして一緒になったのだから
　わたし　彼を愛しているんですもの　モード・クレア

「たしかにあなたはわたしより　頭ひとつ背が高く
賢くてはるかに美しい。それでもわたしは
ずっと彼を愛して　きっと一番になってみせる
わたしが彼の最愛のひとになってみせるわ　モード・クレア。」

モード・クレア

こだま

ECHO.

夜のしじまに来ておくれ
　語りくる夢のしじまに来ておくれ
ふっくらとした丸い頬　小川にきらめく
　光のように　明るい瞳のひとよ
　　涙にぬれて来ておくれ
帰らぬ日々の憶《おも》い出よ　希望　愛よ

ああ　夢よ　つらくなるほどに　なんてきれいで美しい
　目覚めたら天国であればいいものを
愛にあふれた魂が行き交い出会うところ

満たされずあこがれ続ける瞳が
　ゆっくりひらき　閉まる扉を見つめる
入るばかりで出るひとのない扉を

それでもどうか来ておくれ　夢のなかで　わたしが死んで
　冷たくても　ふたたび生きられるように
帰っておくれ　夢のなかで　鼓動と鼓動　息と息
　ふたたび交わすことができるように
　　そっとささやいて　わたしに寄り添ってくださいな
愛しい人　はるかに遠い　とおい昔のあの日のように

わたしの秘密

MY SECRET.

わたしの秘密を話せというの？　ごめんだわ。
そのうちに話すかもしれないけど　さあ　いつのことかしら
今日話さないことは確かよ。凍えそうで　風は吹くし雪は降るし
知りたがり屋なのね。だめよ！
どうしても聞きたいの？　あのね、これだけは
言っておくけど　わたしの秘密はわたしのもの。言わないわ。

結局　わたしには秘密などないのかもしれない。
何もないとしたらどうかしら？
わたしが面白がってじらしているだけだとしたら。

今日は寒くて凍えそうで
ショールや　ヴェールや　マントや
何か体をくるむものが必要な日。
戸を叩く人がいても　いちいち扉を開けることはできないわ。
冷たい風がひゅうっと音をたてながら
玄関を入ってきて
勢いよく吹きつけて打ちつけて
わたしを取り囲んで脅かすから。
冷たい風はわたしのショールを突き刺して　切り裂いてしまいそう。
凍えないようにマスクで顔を覆わなければ。雪の降るロシアで
吹きつける風をものともせずに
顔をさらしておく人などいないでしょう？
あなたはそんな風なんかじゃない、というの？　それは有難いこと
感謝するけど　本当かどうかは試さないでおきましょう。

春はのびやかに萌え出でる季節、でもわたしは
ほこりが舞って肌をさす三月なんか信じない
虹の懸かる空からにわか雨が降る四月も同じこと。
五月すらあてにならない、花が咲いても霜が降りれば
あっという間に枯れてしまうから。

もしかしたら　ある物憂げな夏の日に
小鳥たちが眠たげに歌をやめてゆくころに
金いろの果実がうっとりと熟れてゆくころに
日の光が強すぎず　雲が重すぎないなら
暖かな風が凪ぎもせず　ごうと吹くこともないなら
もしかしたら　わたしの秘密をささやきましょうか
それとも　あなたが言い当てるのかもしれないわね。

わたしの秘密

またいつか春に

ANOTHER SPRING.

またいつか春に会えるなら
夏の草を植えて花を待ったりしない
春に花咲くクロッカス
葉のないピンクのオニシバリ
冷たい葉をもつまつゆきそう
白や瑠璃《るり》いろの菫草《すみれ》
重なり合う葉の桜草
すぐ咲く花を植えるでしょう
またいつか春に会えるなら
巣をつくり　つがいになって歌うたう

昼の小鳥に耳をすませて
ひとりぼっちの小夜啼鳥《ナイチンゲール》を待ったりしない
元気いっぱいの家畜の群れや
雪のように白い子羊を連れた雌羊《めひつじ》や
うちつける霰《あられ》や吹く風に
音楽のしらべを聴くでしょう

またいつか春に会えるなら——
ああ「またいつか」と　かなわぬ願いをくりかえし
過ぎ去ったわたしの日々よ——
またいつか春に会えるなら
今日の日に　短いこの日にほほえんで
なんにも待つことはしないでしょう
かけ足で通りすぎる今日という日を生きるでしょう
こころ楽しく歌うでしょう

鐘の響き

A Peal of Bells.

きらきらひかる鐘を鳴らしてくださいな
　りんりんりんと　奔放に
銀いろの鐘を鳴らして　ワインと花を
　わたしに届けてくださいな
たわわに実のなるオレンジの樹に
　香《かぐわ》しい灯りをともせば
影深い葉叢《はむら》に
　金いろの灯りと果実が映える
黄金《きん》のお皿に山と盛りましょう
　摘んだばかりの金いろの果物を。

鐘を鳴らそう　笛吹き鳴らそう
夏の季節に通り雨はいらない
嘆きをかなでる竪琴もいらない──
　なやみも苦しみも閉めだそう
二度とめぐり来ない季節に。

おごそかに鐘を鳴らしてくださいな
　深い音色でしめやかに
お友だちが寝床へむかう
　ふかい眠りについて
襞のある亜麻布に頭をのせて
　足を先頭にしてすすむ──
その足はもう歩かない。
うわべだけのわたしの宴　消えかけた灯り
　やめましょう　耳障りな音楽は──

彼のための音楽はもういらない
　灯りは消えて宴もおわり
なみなみと注がれた盃《さかずき》は
飲み干されて　こわれて　使えない
わたしの血はひえきって　彼の血は冷たい
　彼の死は豊かに満ちて　わたしの死がはじまった。

鐘の響き

妖姫《ようき》幻影

FATA MORGANA.

青い瞳の幻影が　はるか遠くで
　笑いながら太陽へと翔けてゆく
わたしは鉛のような体をひきずり
　追いかけて走り　あえぐ

幻影が躍動するたびに
　太陽がかくれて光がとぎれ
幻影は夢心地にうたいつづける
　夢心地のシープベルに合わせて

わたしは笑う　それが喜びいっぱいだから
わたしは泣く　それがこんなに遠いから
いつの日かこのからだを横たえて
よこたえて　眠りたい

「おことわりよ、ジョン」
'No Thank You, John.'

あなたのことが好きなんて一度も言ってないはずよ
　毎日まいにち　わたしを困らせて
「こうしておくれ」「お願いだから」　そればかり
　もう飽き飽きよ

おわかりでしょう　あなたなど愛したことはありません
　頼んだわけでもないのに　もち上げられていい迷惑
さっき生まれた幽霊みたいに蒼ざめて
　どうしてずっとつきまとうの

「おことわりよ、ジョン」

言っておくけど　メグやモルなら
　脈があるかもしれないわ
わたしのために結婚しないだなんて言わないで
　あなたを憐れむなんて無理だもの

つれない人、とおっしゃるのね　たぶんその通りよ
　でもあなたこそ　わたしが持たないものを
よこせと言って　そうしないと怒るなんて　いい加減にして。
　常識をはたらかせてくださいな

過去のことは過去のこと
　不誠実だと言わないで　約束なんかしてないわ
五十人のジョンが来ても「ノー」と言いつづけます
　あなたに「イエス」と言うよりは。

楽しかった日々を台無しにするのはやめましょう
　歌うたう渡り鳥　青春の日々――
昔のことは忘れさり　今日という日をつかみましょう
　「心変わりしたのね」と責めたりしないからご安心を。

こころからの友達ということで　手をうちましょう
　それ以上でもそれ以下でもなく。友情はいいものよ
何の期待もいだかないで　いいこと、
　話し合ってもいないのに

了解ととらないでね。あれこれと言い訳したり
　こじつけたりは　ごめんです
お望みならばお友達でいましょう　でも愛だの
　なんだのという話なら――　おことわりよ、ジョン。

「おことわりよ、ジョン」

五月
MAY.

どんなだったか言えないの
わたしにわかるのはこれだけ　それはやさしい風の吹く
明るい五月のことだった
あどけない　ああなんて　きれいな五月
ひなげしは　柔らかな麦の葉のあいだで
まだ生まれていなかった
最後の卵がかえるまで
小鳥たちは　連れ合いのそばにいた

何であったか言えないの

わたしにわかるのはこれだけ　それは去っていった
晴れわたる五月を連れて
美しいものすべてを連れて　過ぎ去った
冷たく　わびしく　大人になったわたしを残して

思いめぐらせて

A Pause of Thought.

ないもの　ありえないものを探しもとめ
待ちつづけて　心が病んだ(4)
だけど若き日の願いをすっかり諦めるには
　長い年月が必要

うごかぬ意志で　待ちつづけた(5)
あこがれたものがすり抜けて
ゆきそうになっても　毎日まいにち
　じっと待ちつづけた

時にわが身に言い聞かせた　「望んでもむだなこと
期待すれば疲れ果て　心が麻痺してしまう
諦めればこころ穏やかにもなろう」
　それでもやはり諦めなかった

時にわが身に問いかけた　「わたしが求めるのは
実の伴わぬ名前だけ。平穏であるべき
日々の暮らしを捧げなくてもよいのでは」――
　それでもなお捧げつづけた

ああ　なんておろかな！　喜びをみつけることも
苦しみから立ちなおることもできず
追い求めてもむだと知りながら　それでもなお
　向きなおり追いかけてゆくなんて。

静かな黄昏

TWILIGHT CALM.

こころよい夕暮れに
　西の空に雲がかかり
暖かな太陽を覆い　ひろがる
蜜蜂も小鳥もいちにちの楽しい仕事を終えて
　小さな巣に帰り休息をとる

　葉の繁る森に囲われて
　ヒメモリバトが雛を抱く
枝から枝へ跳びうつる栗鼠も
しだいに動きをゆるめて
　食べ物を貯めた場所にもどる

いちりん　また一輪と　花が閉じる
百合も露に濡れた薔薇も
月あかりに柔らかな花びらをたたむ
キリギリスは歌を終え　鴉がまだ
おおきな声で鳴いている

ヤマネはうずくまり　選りすぐりの
ちいさな食事をとる
ライムの大木の四方に広がる根元で
お腹いっぱいになるまで齧り
時々顔をあげて耳をすます

遠くから寝床へ帰る牛たちの
低い鳴き声が聞こえる

さらに遠くから風に運ばれる
広い海に絶えまなく立つ波のつぶやき
　たちのぼっては　静まるさざめき

　ブヨの群れが夕空を舞い
　大きな瞳のフクロウが
羽根を広げて　獲物を捕らえんと飛びたつ
蝙蝠《こうもり》がめざめ　ナメクジは殻もなく
　ネットリしたむき出しの姿をあらわす

小夜啼鳥《ナイチンゲール》の歌が
　いにしえの物語を語りつぐ
大地が生まれた頃から彼女はうたっていた
森深い谷間ではじめて歌ったとき
　こだまがそれに応えた

人は「愛と苦しみ」と名づける、
想いを込めたその歌を。
でもわたしたちは理解しない
律動するそのしらべが
喜びの歌ではないほんとうの理由《わけ》を。

牡鹿と牝鹿が　それぞれに
群れをつくって休む
仔鹿は母鹿のそばで眠りにつく
夜明けの訪れまで　夜じゅうずっと
不安を忘れて眠る

注意深く薄目をあけて
野ウサギがまどろむ

雄鶏のかんだかい鳴き声も　牝鶏《めんどり》の声もやんだ
狐だけが野に出て　のんきなカモやひな鳥を
　驚かそうとする

　はるか遠くに星がひとつ　またひとつ
またたきはじめ　やがてすべての星があかるく
輝く。夜露がおりて地をしっとり濡らす！
すぐそばで蛍があかりを灯《とも》し
　遠くにもきらきら煌めく

　でも黄昏はもう終わる
　昼をもたらす太陽が　東の空にのぼり
薄明《はくめい》を消しさるときに似て——
夜がやってきた。大いなる平穏は終わりをつげ
　時計の砂が　しづかに流れて尽きた

静かな黄昏

"The very squirrel leaps from bough to bough

But lazily; pauses; and settles now"

TWILIGHT CALM.

妻から夫へ

WIFE TO HUSBAND.

長年の愛に免じて　いけないところは
　ゆるしてね
　　さようなら。
海のかなたに漂い
　雪のなかに消えてゆきます
　もうわたしはだめなの。

あなたは太陽をいっぱい浴びて
　ワインと食事を愉《たの》しんでね
　　さようなら。

脚はうまく動かないけれど
　走ってゆくしかないの
　　もうわたしはだめだから。

何もないまっさらな海にでて
　冷たいベッドで眠ります
　　さようなら。
抱きしめても泣きぬれても無駄なこと
　行かなければならないの
　　もうわたしはだめなの。

あのお友達には口づけを
　あのふたりには言付けをお願いね
　　さようなら。
ひとふさの髪を送っておいて　あの人に

妻から夫へ

お願い　そうしてくださいね
　わたしはもうだめだから。

ことばも髪のひとふさも　くちづけも
あなたには何も遺さずにゆきます
　さようなら。
一心同体のわたしたち　これから別べつの道をゆくのね
そう　これが死というもの
　もう　お別れです。

妻から夫へ

三つの季節

THREE SEASONS.

「希望の杯《さかずき》を！」乙女は言った
季節は春　花咲きほこり
深き紅《あか》の葡萄酒も　色濃いくちびるに
　触れればつめたく色褪せた

「愛の杯を！」優しくそっと
ささやくと　薔薇色の頬に
さざ波立つほほえみは
　雪どけの夏のようだった

「憶い出の杯を！」ひとりぼっちで
冷たい杯を飲みほせば
荒涼とした海をわたり　秋風がたち
むせび泣く

希望　憶い出　そして愛よ
うつくしい朝に希望を　あかるい昼に愛を
でもほの暗い夕暮れと　孤独の鳩には
憶い出だけがふさわしい

蜃気楼

MIRAGE.

わたしが夢みた希望は　ただの夢
　夢でしかなかった。目覚めれば
やるせなく　つかれはて　老いたわたし
　すべて夢のせいで。

わたしは竪琴をおいた　湖のほとり
　水面《みなも》に枝垂《しだ》れる柳の樹に。
竪琴は弦が切れて　もううたわない
　すべて夢のせいで。

横たわれ静かに　こわれた心
　歌をうたわない心よ　こわれて横たわれ。
いのち　この世界　そしてわたしも　変わってしまった
　すべて夢のせいで。

閉め出されて

SHUT OUT.

扉が閉められた。鉄柵のすきまから
　中を見ると　青空のもと
　しずく光る花たちと　草みどりに彩られた
わたしの大切な庭が見えた。

枝から枝へ　歌うたう小鳥が羽ばたき
　花から花へ　蛾や蜜蜂が飛びかい
　動物や虫が寝床をつくり　おおきな樹々が立ちならぶ
ああそれは　かつてわたしの庭だった。

影のない亡霊が門番をしていた
　墓のように顔色ひとつ変えない　のっぺりした霊だった。
　わたしは目を凝らし　庭を見つめてお願いした、
「蕾をいくつかくださいな　見捨てられたわたしを哀れと思って」

彼はなにも答えない。「ああどうか　木立や樹から
　枝いっぽんでいいのです　くださいな。
　この庭はわたしの故郷です。いつか戻るまで
　わたしを忘れないで、と伝えてくださいな」

亡霊はなおも無言のまま　漆喰《しっくい》と
　石をはこび　壁を築きはじめた
　どんなに目を凝らしても見えないように
　わずかな隙間もないように塗りこめた

だからこうして今　ひとりわたしは
泣きぬれる。涙で目が見えなくなってもかまわない
わたしの喜び　わたしの庭を失なったいま
見たいと思うものなど　なにもない

すぐそばの草むらに菫が芽吹き
　一羽の雲雀が巣をかけた
だけど一番にはなれない
わたしの庭より大切なものなど　なにもない

閉め出されて

深い眠り

SOUND SLEEP.

泣くひともいる　笑うひともいる
乙女は眠る　眠りつづける
眠るまわりで　野の花たちが茎をのばす
風が吹きよせる　吹きよせる
夏がたくわえた　きれいな美しいものたちを――
刈り入れを待つ麦畑のそばで。

百合が咲く　薔薇が深い紅《くれない》にいろづく
西の空が燃えつきるまで
ツグミたちがうたいつづける

夕べがしづかに暮れる
あたらしい風が樹々の梢をとおりぬける

真昼にひばりがうたい
野の草や葉がのびやかに茂り
夜に蝙蝠《こうもり》が翼をひろげ
風がたえまなく　教会のとおい
鐘の音をはこぶ

朝な夕なに　光に　闇につつまれて
乙女の夢は　天のしらべに満ちる
長いながい苦しみがおわったいま
墓の頸木《くびき》が解かれる日まで
これこそが眠りつづける乙女に
そのゆるされた魂に　贈られたさだめ。

うた　（緑なす小川のほとり）

SONG.

緑なす小川のほとり
乙女は歌をうたった
楽しげな陽のひかりに
魚たちが跳びはねるのを見つめて

ほの暗い月明かりに
わたしは涙をこぼした
山査子《さんざし》の花びらが小川に
はらはら舞い落ちるのを見つめて

わたしは憶い出のために泣いた
乙女は美しい希望をうたった
わたしの涙は　海にさらわれ
乙女の歌は　とおくの空に消えた

うた（わたしが死んだら）

SONG.

わたしが死んだら　いとしい人よ
悲しい歌はうたわずに
わたしの枕辺に　薔薇も
影をなす糸杉も植えないで
時雨や露にしっとり濡れた
緑の草があればいい
お心があれば思い出して
でも忘れてもいいのです

もう影を見ることも

雨を感じることもなく
小夜啼鳥《さよなきどり》が悲しげに
　歌うたうのも聞こえない
明け暮れのないたそがれに
ただ夢を見つづけて
もしかしたら思い出す
　でも忘れるのかもしれません

死の前の死

DEAD BEFORE DEATH　Sonnet《ソネット》

すっかり変わって冷たくなった。ああなんて冷たい！
　こわばった笑み　冷たいしづかな瞳
ものは知っても愚かなところは変わらない
これがかつて約束されていたことなの
年をかさねて頑固でかたくなになり
　生涯嘘をつきとおしてしまった
もっと良くなるとわたしたちは願ったのに――
かたり終わった物語[6]と同じこと、すべて終わった
花は実をつけることなく散り
　現在も未来もすべて失われた

すべてなくした、みな失った、時は過ぎさった
やがて死が　開いていた扉を固くとざした
　鐘が果てしなく鳴りつづける
ずっといつまでも　失われ　凍えたままだと。

「苦きを甘しと」(7)

Bitter for Sweet.

夏は花ざかりの薔薇をつれて去った
陽の光と香りときれいな花たち
暖かな空気とさわやかな通り雨をつれて去った
いま　秋も終わろうとしている

そう　冷たい秋もやがて去り
さらに凍える冬が来る
日ごとに霜があつくなり
最後の蕾が　花ひらくのをやめる

「苦きを甘しと」

モード姉さん

SISTER MAUDE.

誰なの　お母さんにわたしの秘密を知らせたのは
誰なの　お父さんにわたしの恋人のことを告げたのは
モード姉さん、あなたなのね
陰からうかがってこっそり見ていたのね

あのひとは石のように冷たく横たわっている
血のこびりついた巻き毛が顔を覆っている
この世で一番美しい死体よ
女王の抱擁にも値するわ

命だけは奪わないでほしかった(8)

わたしもあなたも救われないわ
たとえわたしがこの世に生まれなくても
彼があなたに振り向くことはなかったでしょうに

お父さんは天上の園で眠りにつくわ
お母さんも天国の門に迎えられるでしょう
でもお姉さん　あなただけはこの世でもあの世でも
安らかに眠ることなんかできないわ

お父さんは金いろの衣装を身に纏い
お母さんは冠を手にするでしょう
わたしと彼が天国の門を叩けば
きっと入れてもらえるでしょう
でもモード姉さん、あなたは　あなたは
罪にまみれて死とともに滅べばいい

"Cold he lies, as cold as stone"

SISTER MAUDE.

モード姉さん

休息

ソネット

REST. Sonnet

大地よ　乙女の瞼に重く横たわり
　見つめることに飽いた美しい瞳を覆え
　さわがしい陽気な笑い声もため息も
聞かないように　乙女をやさしく包め
彼女はいま　問いもせず答えもせず
　しづまりかえった祝福のなかに安らぐ
生まれたころからの悩み苦しみは去り
天国の静けさに満たされる
真昼の光よりも明瞭な暗闇のなか
沈黙のしらべはどんな歌より美しい

胸は鼓動をうつのをやめた
永遠の朝がやってくるまで
はじまりも終わりもなく眠りつづけて
　目覚めたら長い眠りだったことを忘れる

休息

春の初めの日

THE FIRST SPRING DAY.

樹液は流れ　冬を過ごした鳥たちは
出会いを夢見ているかしら
凍りついたまつゆきそうは陽をかんじ
クロッカスは灯りをともしているかしら
　駒鳥《こまどり》よ　どうかうたって
気がかりなの　春はほんとうにやってくるの

今年の春は　わたしがなくした大事な春を
もういちど連れてくるかしら
心は春を見つけるかしら

それとも地上だけが芽吹いてうたうの
　希望よ　わたしにうたって
すてきなしらべを　思い出のために

きっと樹液は流れはじめ
のんびりやの小鳥も愛をさえずる
花にあふれる暖かな春の夜明けがおとずれる
この世界に　それともこれからやってくる世界に――
　春の声よ　うたって　たからかに
わたしもきっと一緒に花ひらき　喜びあふれてうたいます

修道院の敷居

THE CONVENT THRESHOLD.

愛しい人よ　わたしたちの間を血が流れる
父の血が　兄の血が流れる
この血がふたりの間に立ちはだかるのです
だから天に続く階段をのぼり
一段いちだん金いろの階段を空へとのぼり
あの都を　あの硝子《ガラス》の海をめざしましょう(9)
百合のように清らかだったわたしの足は泥にまみれている
この深紅の泥はむかし抱いた希望、
むかし犯した過ち、いまだ報われない愛を語る
ああ　もしこの心をお見せできるなら

そっくり同じ赤い染みで汚れているのです
この染みを洗いながし　悪魔の罠を焼ききるために
硝子と焔《ほのお》の海に向かいます
ほら　あの階段をのぼればふたりは高みにゆける
さあ　輝く階段を一緒にのぼってゆきましょう

　あなたは地上をふりかえり　わたしは天を仰ぎます
わたしの瞳に　はるか遠くのりっぱな都が映っています
丘の向こうで大地は豊かに水をたたえ
湾の向こうにお屋敷がきらきらと立ち並び
正しき方たちが宴を楽しんでいる
くつろいで木陰に眠り　目覚めれば
智天使《ケルビム》や熾天使《セラフィム》とともに賛美歌を歌うその方たちも
かつては十字架を背負い　苦い杯を飲み干した(10)
いたぶられ　焼かれ　圧し潰され　手足をもがれて

世の屑《くず》と　見放されていた
星々がきらめく天国の空が生まれ　いまそのお顔は
太陽すらも霞むほど　輝いています

地上を見つめるあなたの瞳には　何がうつるの
乳白色の肌をほんのりとそめて
葡萄園を軽やかにかけまわり
幸せに満ちたりて　葡萄酒を味わい
滴《しずく》が光る桃のように花ひらき
金いろの髪を風になびかせて
小鳥のように愛の歌をうたい
若き男女がゆき交っています

　あなたは地上を離れがたいのね、でももう時間がないわ
命がけでお逃げなさい、力のかぎりに

逃げなさい、長く伸びた影が
もう日が暮れる　夜は近いと告げている
山へ逃げるのです、とどまってはいけない。[11]
笑ったりため息ついたりする暇はない
飛び交う青い鳥が　巣をかけてたわむれる
木隠れの歌を追うときでもない
時は短いのに　まだそこにいるなんて。
今日という日が暮れないうちに
跪《ひざまず》き、闘い、戸を叩き、はげしく祈りなさい
今日という日は短く　明日はすぐそこに来ているのに
このまま死んで　滅んでしまうおつもりですか。

　あなたはわたしとともに快い罪を犯した
だから悔い改めなさい　わたしも悔いているのだから。
ああ、何故知ってしまったの　あのことを！

ふたりで足取り軽く歩んだ道も
わたしひとりの帰り道はなんて険しい！
いつになれば安らかに眠れるの
この長い夜と昼はいつまで続くの
穢れなき天使たちが叫ぶ、「たしかに彼女は祈っている」
「とめどなく涙をこぼして魂を清めている」と。
この長い年月にずっと耐えなければならないの？

この頬も　瞳も　もうあなたに向けることはありません
この髪も　二度とあなたの目に触れないようにいたします――
ああ　喜びはとうに過ぎ去った、だけどなんてなつかしい
滅びゆく喜びよ　死にゆくわたしの恋よ
ただわたしの唇だけがあなたの方をふりかえる
鉛色の唇が叫ぶ　「悔い改めよ」と。
ああ　長くつらい人生　果てなき懺悔よ

星もまばらな索漠の時よ。

たったひとりで　どうして天国で安らぎを得られましょう
天の高い壇に座ることができましょう
聖人や天使に愛を説かれても
わたしの席から答えるほかはないのです、[12]
どうか哀れみたまえ　わが友よ[13]
わたしは愛の聲を聞いたことがあるのです、と。[14]
せつなく恋い焦がれて　探しもとめて
地上に目を向けるほかはないのです
ああ　天国に行ってまで苦しむのは耐えられない
互いに贈り　贈られたすべてにかけて　どうかあなたが
悔い改め、悔い改めて、許されますように、
長い人生もいずれ終わりが来るのだから
悔い改めて、魂を洗い清め、救われますように。

明けの星々が誕生の朝にうたったどんな歌よりも
人が悔い改める日に天使たちがうたう歌のほうが
はるかに輝かしいのだから。[15]

　昨夜見た夢をお話しましょう
神々しい顔の霊が　焔と燃える脚で
果てしない虚空《こくう》をのぼってゆく夢を。
百の翼がばたばたと音をたて
天の鐘が喜びいっぱいに鳴りひびき
天の空気は精妙な香りに満ちてふるえ
諸々の世界は疾走する乗り物にのって回転し
その霊は「もっと光を！」と叫びながらのぼってゆく。
たえまなく降り注ぐ光につつまれて
天使や大天使よりもはやく
勝ち誇り　力強くのぼり

ついに智天使《ケルビム》の末席まで届いたのです[16]
なおも「もっと光を！」と叫び
渇きに苦しみ顔を海にひたしたけれど
どんなに飲んでも満たされることはありません
わたしは見ました、彼が知識に酔いしれて
いたむ額から光輪をはずす姿を——
髪の毛は裂かれた蛇のようにうねり——
やがて彼は自分の席からはいおりて
ひれ伏して　熾天使《セラフィム》の足もとの塵を嘗めた。[17]
よくよく考えれば　いったい知識とは何でしょう
知識は強い　けれど愛こそ美しいもの
その霊がのぼりつめた果てに学んだのは
すべてはつまらないもの　愛がなければ、
そう　愛こそがすべて　ということでした。

昨夜見た夢をお話しましょう
そこは暗くもなく明るくもなく　土の中で
冷たい露がわたしの豊かな髪を濡らしていました
あなたが　わたしを探しに来て
「僕の夢を見ているの?」と問いかけた。
あなたに会えば心踊らせたわたしが　今は塵となって
なかば眠りつつ　こたえた
「わたしの枕は濡れて　敷布は赤く染まっています
わたしの寝床を覆うのは鉛の天蓋
あなたはもっと暖かい相手と戯れなさい
顔を寄せあい眠る　もっと暖かい枕があるでしょう
わたしよりも　もっと優しい恋人と愛しあいなさい」
手をもみしぼるあなたの前で　わたしは鉛のように
ぐっしょり濡れた地中深く　押しつぶされてゆきました
あなたは喜んでもいないのに　手をたたき

修道院の敷居

"Find you a warmer playfellow"

THE CONVENT THRESHOLD.

酔ってもいないのに　よろめき倒れそうでした。

こうして一晩じゅうあなたの夢を見ていました
目覚めると　知らず知らずお祈りをして
眠りに落ちればまた　あなたの夢を見た
とうとうわたしは身を起こし　跪《ひざまず》いて祈りました
どんな言葉で祈ったか　それはここに記せません
涙も乾いたわたしの口からゆっくりと　言葉がこぼれた
だけど深夜の暗闇に　わたしの沈黙が轟《とどろ》いた、
雷鳴のように。　　朝が明けると
わたしの顔はやつれはて　髪は真っ白になっていた
あまりの息苦しさに倒れこんだ　その敷居の上には
凍りついた血の跡がありました

もしも今あなたがわたしをご覧になれば

愛しいあの顔は今どこに　とおっしゃることでしょう
わたしは答えます、「もうとうに逝きました
天国でヴェールをかぶりお待ちしています」と。
明けの星々がもういちどのぼり
地上が陰と共に消え去り
天の扉のなかにふたり無事に入ったなら
そのときこそわたしのヴェールをはずしてください
天を仰いでのぼってきてください　はるか天上で
棕櫚《しゅろ》の木が育ち　わたしたちを迎えるのだから
そこできっと　昔のようにお会いしましょう
愛しあいましょう　なつかしい　はるか遠い昔と同じように。

登り坂

UP-HILL.

曲がりくねった登り坂はどこまでも続くのでしょうか
　そうだよ　最後まで
その旅は一日じゅうかかるのでしょうか
　朝から晩までだ

でも夜になれば　休む場所があるのでしょうか
　闇が迫るころに　泊まる宿がある
暗がりで見つけられるか心配です
　おまえが宿を見失うことはけっしてない

夜には他の旅人と会えるでしょうか
　先に行った人びとが待っている
宿の扉を叩いたり　呼んだりしないといけませんか
　すぐに扉を開けて入れてくれる

旅で疲れはてたわたしに慰めはあるのでしょうか
　苦しい思いをしたのだ　きっと報われる
わたしのため　探し求める皆のために　寝床があるでしょうか
　もちろん　来るものすべてのために宿がある

信仰の詩

「人知を超えたキリストの愛」(18)

'The Love of Christ which Passeth Knowledge.'

果てしなく長い昼と夜
　もがき苦しみ涙にくれて
お前の無慈悲　冷酷　嘲笑に耐え忍んできた
　三三年の年月を

私以外の誰がここまでできるのか
　天の至福をとおく離れ　地中深く沈んだ
骨身を惜しまず　お前に尽くした
　私の愛にこたえるがいい

日々の渇きに耐え
　夜の凍てつく寒さに震えた
蜜にまさってわが口に甘いお前のために(19)
　なのになぜ　まだそうしてさ迷うのか

お前を背負うのは私の悦び
　ひとは　私の背負う罪の烙印
十字架だけを見て　餓《かつ》えたように叫び
　頭をふりながら罵《ののし》った(20)

釘が貫く両手にお前が刻まれ　茨が刺す眉間に
　お前の名が　護符として刻まれた
聖なるこの私が　お前の罪と恥を身に引きうけた
　神　司祭たる私が供物となった

右と左に　盗人に挟まれ六時間
　ただひとり渇きに苦しみ耐えしのんだ
やがて私の心臓に一撃が与えられ　引き裂かれ
　お前をかくまう場所となった

むごい十字架に打ちつけられても
　羽毛の床《とこ》よりここちよく　手足をのばして横たわる
こうして私は王国を勝ち得た――さあ　この冠を共に
　収穫を刈りとるがいい。

「人知を超えたキリストの愛」

「傷ついた葦を折ることなく」(21)

'A Bruised Reed Shall he Not Break.'

こうする　こうありたい　そんなお前の思いを受けとろう
罪への憎しみと不寛容を
その胸に燃えさかる　私を求め渇く愛の
　意志を受けとめ
お前の心に萌えいでた芽生えを
祝福し　実りゆたかに育てよう――
良きものへとひたすらに進んでいるから。(22)
――ああ、そんな意志はもてません。

意志はないというのか　哀れな魂よ。それでも
その奥底に潜む願いを見つけ

此方《ここ》に向かうように導こう　私は　皆が悼むほどに
　心をとらえて離さないのだから
望むならまだ間に合う、
天と地に力をもつ私の愛を
選ぼうと願いさえすれば。
　——わたしは願えません、ああ！

なんと、意志も願いもないというのか？
だが必ずやお前を私のものにするのだ
お前のために十字架上で苦しんだのだから
　どうして忘れることなどできよう
愛も憎しみももてないというのなら
愛を選ぶ意志も願いもないなら——私に身をゆだねて
じっと待てばよい。愛　憎しみ　憧れ　意志が吹きこまれるまで
　——もうあなたを拒みません。

よき蘇《よみがえ》り

A Better Resurrection.

知恵も言葉もなく　涙も枯れて
　石のように麻痺した心
願いも怖れも今はなく
　荒漠たる地にひとり
見上げても哀しみで視界はかすみ
　永久《とこしえ》の丘など見えない。
わたしの命は舞い散る落ち葉
　イエス様、生き返らせてください　わたしを。

わたしの命は色褪せた枯れ葉
収穫は実のない籾殻《もみがら》

わたしの命は空しく　短く
　夕暮れの荒野にあてもなく漂う
わたしの命は凍りつき
　蕾ひとつ　緑の草ひとつ見えない
でもいつかきっと立ちのぼる——春の息吹が。
　イエス様、蘇ってください　わたしの中で。

わたしの命は割れた杯《さかずき》
　魂をうるおす水一滴も
凍《し》みる寒さに身を温める果実酒《コーディアル》も
　溜めることができない
壊れた命を火にくべて
　溶かして　そして主の掲げる
杯へと造り直してください
　ああイエス様、わたしの杯を飲んでください。(23)

降臨節

ADVENT.

今宵　月は冷たく澄みわたる
　降臨節の長い夜
毎年ともすランプの炎が
　力強く闇を照らします
「夜警さん、今晩の様子はどうですか？」
　待ち疲れて問いかけると(24)
「空にはなんの兆しも見えません」
　いつもと同じ返事です

荷運びは門の前で待ちかまえ

　召使は中で控え
早くから準備をしていても
　待ちわびた褒美はなく
「夜警さん、そろそろかしら?」
　呼びかけても　返事は変わらず
「遠い丘に夜明けの気配はなく
　陽がさして灯火《ともしび》がかすむこともありません」

忍耐づよく待つ五人の賢い乙女たちが[25]
　互いに呼び交わす
「イエス様はきっと近くにいらしているわ」――
　「夜通し起きて待ちましょう」
「今は悪い時代なのです[26]
　未来はおぼろに見えるだけ
それでも焦ることなく　主の約束を

　ひたすらじっと待ちましょう」

灯りをともす魂が
　声と声を呼び交わす
「天のお友達が見守っているわ」
　「昇っておいでと呼んでいる」
「あそこで疲れた足を休ませましょう」
　「イエス様と一緒に暮らす
みんなの家で」――「大切な人たちと共に
　いちばん愛しい　蜜よりも甘いイエス様と共に」[27]

別れも苦しみもそこになく
　遠く離れた人たちが再会し
長く会えなかった人が見つかって
　愛しさもひとしおです

まだ見たことも　聞いたこともない
思いもしない安らぎがあるから(28)
待ち望んだ佳きことを迎えましょう
皆と共に　一番すばらしいイエス様と共に

夜の長さに涙をながし
夜明けを思い　ほほえんで
穏やかな歌をゆっくりうたい
天国の門をたたき
泣きながらあの方を抱きしめます
わたしたちのために泣いてくれた方を。
後の者も先の者も同じ祝福をうけて
けっして離れたりしません

泣きながら今宵　しっかり心に抱きしめて

けっして離れたりしません
やがて夜明けの光が　わたしたちの疲れた瞳にさしこんで
夏が雪を打ちはらい
無花果《いちじく》が蕾をつけて　鳩が一日じゅう
愛を伝えあうでしょう
あの方はおっしゃることでしょう、「立ち上がれ
来るがいい　いとしいおまえ、美しいひとよ」と。(29)

降臨節

三つの敵

THE THREE ENEMIES.

肉体

「いとしい子よ　蒼ざめているのか。」
　「いいえ　わたしのために過酷な十字架にかけられ
父なる神の怒りを引き受けてくださった
イエス様はもっと蒼ざめていました。」

「おまえは悲しいのか。」
　「わたしの悲しみなど軽いものです
イエス様はもっと重い鞭で打たれ
神の怒りの酒ぶねを踏まれました[30]　わたしのために。」

「かわいそうに　おまえは疲れている。」
　「イエス様は倦《う》むことなく
わたしを大きな愛で包んでくださいました　そのおかげで
力を得　救われ　永遠の命へ導かれるのです。(31)」
「かわいそうに　足をいためているのか。」
　「わたしの流す血よりも　イエス様が流した血のことが
思われてなりません　わたしのせいで　わたしのために
あの方の心臓が血を流したのですから。」

この世
「可愛い子よ、おまえは若い。」
　「イエス様も若かったのです
わたしのために受難に耐え

黙って十字架にかけられたとき。」

「おまえはなんて美しい。」

「イエス様はだれよりも美しかった

どんなにひどくお顔を傷つけられても。

ああ　その傷はすべてわたしのせいなのです」

「おまえには富があるではないか。」

「日々の糧だけで十分です

そのほかはすべて主にささげます。主は死してなお

枕する場所すらなかったのですから。(32)」

「人生は楽しいことでいっぱいだ。」

「イエス様にとってはそうではなかった、

あの方の杯は　言葉に尽くせぬわたしの嘆きを

受けとめ　溢れていたのですから。」

悪魔

「おおいに飲むがいい。」

「イエス様はわたしの苦い杯を
一滴も残さず飲み尽くしてくださいました
それなのにどうしてわたしだけ　いい思いができましょう。」

「おまえに栄光を与えよう。」

「ああ天におられるイエス様、どうか
この目を覆ってください　虚栄に満ちた
この世の歓びを見ないように。」

「知識が欲しくはないか。」

「塵に等しい寄る辺ないわたしが

信頼をよせるのは　主よ、あなただけ
賢く正しい方よ　わたしの声にこたえてください。」
「おまえに権力を与えよう。」
　「ひきさがれ、サタンよ！(33)
主よ、わたしの魂を嫌わずに贖《あがな》ってくださった方よ
どうかわたしを　あなたとの約束に繋ぎとめてください。」

三つの敵

ひとつ確かなこと　ソネット

THE ONE CERTAINTY.　Sonnet

なんという空しさ　と伝道者は言う(34)
　すべては空しい　目も耳も
　見て聞くものに満たされない(35)
明け方の露のように　一陣の風のように
萎れゆく草のように
　人もまた希望と恐れに翻弄され
　喜びも楽しみも　ほとんど感じはしない
やがてすべてが滅び死の塵となる(36)
今日はいつでも昨日と同じ
　明日は他の日々と変わらない

日の下に新しいものは何もない(37)
古来より続く「時」がやがて尽きる日まで
　古い棘はいつも古い幹から育ち(38)
朝はいつも冷たく　黄昏は暗い

キリスト教徒とユダヤ教徒　ある対話

CHRISTIAN AND JEW. A DIALOGUE.

「ああ　幸いな　さいわいな地よ！
光あふれる泉のまわりに
　天使らが集う　葦の葉のように」——
「ああ、私には見えない　その美しい眺めが。
この手をしっかり握ってくれ」——
「幸いな微風《そよかぜ》に吹かれて
天使らは身をかたむけ
　星のきらめきを放つ」
「そんなに遠くは見えない

ここには影があるばかり」――

「白い翼の智天使《ケルビム》と
いっそう白い熾天使《セラフィム》が
　愛の焔を燃やし　かがやく」――
「わたしの瞳はかすみ
　天の景色は見えず
讃歌は聞こえない」――

「天使と大天使が呼び交わし
声をかぎりにうたい続ける
（その歌が聞こえます）
　聖なるかな　聖なるかな　と王のために」(39)――
「ああ　わたしには　わたしには聞こえない」――

「帳《とばり》の向こうにひろがる
　かなたなる天国よ
見ることに飽いた目に　優しく映る緑よ
　虹色に染まる母鳩の胸よりも
柔らかな苑よ

「貴い魂がみな　主の恵みに導かれ
　この安らぎの地に住まい
涙で頬を濡らすことなく
ひたむきに祈り
　ささやかな場所に身をひそめ
　つかえ　称えます

「夏の光のなか　聖なる葡萄(40)の
重なりあう葉と葉が

緑を織りなし
主の葡萄の樹液が果実酒のように
　すべての魂にみなぎってゆく

「歌え　主に向けて
　すべての命よ　歌え[41]
主は低き者を嫌わず
　つましい捧げものを蔑まなかった
　さあ　だから声をかぎりに歌え」——

「でもエルサレム《シオン》の民は言った
　父なる神はわたしを見限った、と。[42]
彼女《シオン》は塵のなかに寝床をつくり
　異邦の地に見捨てられ
　見知らぬ河が海に流れ込むところで泣いている

「彼女《シオン》は大地となり身を横たえ
　その柔らかな身体を　人びとが踏みしめ歩む地とした
彼女の竪琴は　異邦の地で
調べを奏でることもなく　王冠を奪われて嘆き
　なげきに酔いしれる」――

「あなたは酒のゆえではなく酔いしれて(43)
　罪と悲しみを味わい尽くした
　だからもう恐れずに　沈黙から
立ちあがり輝けばよい
　待ち望む光がやってきたのだから」――

「枯れた骨は蘇《よみがえ》るだろうか？」(44)

　「主なる神がごぞんじです

預言者《エゼキエル》は　枯れた骨に肉が生じ皮が覆う光景を見た
息が吹きこまれ命が入る様《さま》を見た
死者は動き　立ちあがった(45)
ああ　主よ、時を速めて彼らの罪を拭いさり
命を与えてください」

美しい死

SWEET DEATH.

きれいな花もいつかは死んでゆく
主への祈りをささげるため
日々教会に通い　思いにふけり
緑の芝草で覆われた墓地をあゆむと
咲いたばかりの花々が
舞い落ちてゆきました
花々が死にゆくまえ　その香りは空たかく
立ちのぼってゆきました

生まれたばかりの花もいつかは死んでゆく
死んで花びらを落とし

自分が生まれた大地をやしなう
美しい命が生まれ　美しい死が訪れる
まるで何もなかったかのように
すべての色あいが緑にかわる
明るい色は消え　香りは空に舞い
緑の草だけが残ります

青春も美もいつかは死んでゆく
それでいいのです　真実を知る神よ
美や青春よりも共にいたい
幸をもたらす聖人と天使たち
彼らよりもさらによきものは
皆の安らぎ　皆の慰め　神よ、あなたです
敬虔なルツのように　落穂拾いをするだけでなく
豊かな収穫を　味わい尽くしましょう[46]

象徴

SYMBOLS.

しづくと光　優しい雨がはぐくんだ
薔薇の蕾を見つめ
花咲くときを待ちました
いよいよその日がやってきて
朝早くほころびはじめたが
夕べになれば儚《はかな》く散った

穏やかな木隠れの　緑いっぱいの巣のなかに
みっつ並んだ斑入《ふい》りの卵を
まいにち見守りました

五月がきて雛が孵《かえ》る頃
　親鳥たちは不安にかられ　飽いたのか
飛び去っていった

花の香りよ　空に届けと
　だいじに育てた薔薇の枝を
わたしは折った　怒りにまかせて。
卵も粉々にした、楽しい希望を
　与えてくれたことも忘れて。
復讐してやる　そう思ったのです

そのとき　地に落ちた枝が
　粉々の卵が　語りかけました
　「期待通りでないから不満なのか
その怒りは正しいことか　神様はいつも

おまえの果実が実るのを待ちつづけておられる
期待にそむいたからと　鞭をふるうだろうか？」

象徴

「野の百合を見よ」（花の教え）(47)

'CONSIDER THE LILIES OF THE FIELD.'

心をとめて向き合えば　花の教えが聞こえます
朝露に濡れた薔薇が語ります
「わたしはとても美しい
だけどこの綺麗な花は
棘の上に生まれます」

麦の穂の間に花咲く罌粟《けし》が語ります
「紅緋色《べにひいろ》の頭をもたげるわたしを
雑草と蔑《さげす》むひともいるけれど
鮮やかな色に染まった杯《さかずき》は

妙《たえ》なる薬効を秘めています」
谷間の百合も伝えます
「言葉にして語らなくても　清らかさを
説くわたしの声を聞きなさい」

自らつくる葉陰から
菫がそっと囁きます
「風にただよう香りで　ひとは花のありかを知ります
でも　わたしたちのつましい教えを
受けとろうとはしないのです」

いちばん美しい花たちだけでなく
ひとが通りすぎる
何気ない路傍の芝草も

苔も地衣類も丈夫な草も
たったひとつの種をはぐくむために
露を　時雨を　陽のひかりを
とどける　神さまの愛を
語っているのです

「野の百合を見よ」（花の教え）

"The rose saith in the dewy morn"

CONSIDER THE LILIES OF THE FIELD.

地上の世界　ソネット

THE WORLD.　Sonnet

昼の光のなか　このうえなく美しい彼女《ひと》が愛をささやく
だが夜が訪れると　満ち欠けする月のごと変貌する
おぞましい病に取り憑かれた醜い姿
蛇が音もなく髪にうごめく。
昼の光のなか　その彼女《ひと》はわたしを野に誘う
きれいな花と果実を　存分に楽しめと。
闇が訪れると　獣の姿でにやりと笑う
愛も祈りもない　非情な怪物。
昼はいつわりの姿　夜はむきだしの
恐ろしい本性を見せて

角を突き立て　鉤爪でわたしを捕えようとする。
本当にこれが　わたしの魂を売り渡し　いのちと青春を
ささげるべき友達？　このわたしの足もやがて
獣の蹄《ひづめ》に変わり　地獄に降り立つとでも？

証《あかし》

A TESTIMONY.

笑いについて私は言った、「なんと空しい」
　歓びについても言った、「役にも立たない」
　そこで私は書物に
こう書き記した
「安楽も痛みも　健康も病も
すべて日の光のもとでは空しい」と(48)

人は空虚な影のようにさまよい
　むなしく騒ぎ立てる(49)
過去に起こったことは再び起こる

川は海を満たさず
ひそやかな源に帰る
風は来た方向に戻る[50]

宝物は虫に食われ　錆びて朽ちはて
　盗人が押し入って盗み
　翼を生じて飛び去る[51]
機嫌よく食事する者は　夜の闇が
訪れたら命が奪い去られることに
思いを致すすべもない[52]

私たちの家は砂の上に建つ
　外も中も居心地よくしつらえているが
　雨が降り風が襲いかかると
もちこたえられない

家は瞬時になぎ倒され
岩の土台からもぎ取られる[53]

「すべては空しい」私は言った
「そう　空しい、なにもかも」と。
富める者も貧しい者もみんな死ぬ
蛆虫がうっとりと死者をむさぼり食う
何をおいてもこれだけは心するように
ものみなすべて最後は塵にかえる

これこそが　善き者悪しき者みな同じように
　受け継ぐ行く末というもの
　邪悪な者が人を悩ますこともなくなり
悩める者はやっと休息を見出す。
賢者の語る知恵はただひとつ

「なんという空しさ、すべては空しい」

私たちは葉のように繁り
　葉と同じように散る
　ひとつの処に留まらず
痕跡すらも残さない影のように　儚い命
それなのに死ぬまで希望や恐れをいだき
計画を立てる。愚かなことよ！

目は見て飽くことがなく
　耳は聞いて満足することがない
　だが人は樹を植えて家を建て物を買い
自分の領域を広げようとする。
富を蓄えて心配事を増やすが
誰が相続するかを知らない

証

なぜこんなにあくせくするのか、朝は早く起き
　夜はなかなか眠りにつかずに。
　私たちの労働は甲斐がない
願いは叶わず虚像に心奪われて
まさしく　風を蒔《ま》いてつむじ風を
刈り取るようなもの(54)

ものを持たぬ者は足りないことがなく(55)
　持てる者はやがて朽ちはてる
　祖先はとうに旅立ち　私たちもまた去ってゆく
子孫も同じ道をたどり
何世代にもわたってそれが続く
たえず新しい世代が訪れては去る

地上は死者で肥やされる(56)
　やむことなく死者を飲み込む
　だから彼女のワインも油も増えつづけ
刈り入れの束は豊かに積み上がる
だから彼女がはぐくむ植物は青々として
樹々は威勢よく高くそびえる

だから乙女たちは歌うことをやめ
　若者は悲しみに沈む
　種を蒔くのは喜びではなく
収穫はもの寂しい。
高き者も低き者も　大きな者も小さな者も
すべてが背負う運命は「この世の空しさ」

このようにエルサレムに住む王が語りました[57]
　地上の世界で一番の賢者
　生まれた時からすべての富と喜びを
手にしていたが　やがてすべてに飽いてしまい
あらゆることを経験しつくし　晩年に立てた証《あか》しが
「この世はすべて空しい」だったのです。

証

海に眠る

SLEEP AT SEA.

深い海の水底を探る(58)——
　だれにそれができようか
鉛の錘《おもり》は短かすぎる
　夜番は深い眠りに落ちた
ある者は夢見る
　骨折りのぼる坂道を
またある者は夢見る
　無垢な羊たちのことを

白い精霊が帆から帆へ

飛び交う
とおくで生まれた嵐が
迫りくる
大岩や浅瀬が前方にひかえ
座礁の危機がせまると
突風に煽《あお》られながら
精霊たちが呼びかわす。

川の流れが谷あいに
やさしい調べをとどける
岸辺の巣のなかで
小鳥が音楽をかなでる
愛にかくまわれた
わざわいなき家
愛のうたに満ちた

精霊たちの住まう家

眠る者たちが
　夢を見つづける
雷に一瞬照らされる顔に
　ほほえみが浮かぶ
船は進む　すすむ
　すみやかに軽やかに
人は夢見てほほえみ　精霊たちは
　嘆きかなしむ

雷が再び閃光をはなち
　空が赤く燃えあがる
空は眠る者の瞳に
　黄昏のようにうつる

だがこんなふうに太陽が
沈んだことがあっただろうか
夕暮れのあとまたいつか
　日が昇ることがあるだろうか？

「目覚めよ」　精霊たちの呼びかける
　声は彼らにとどかない
悲しみも希望も
　恐れもわすれて
危険も笑顔も
　涙もわすれて眠る
長いながい年月
　夢を見つづけて
「目覚めよ」　再び呼びかけても

深い眠りについたまま
ああ　もっと大きな声で
呼ぶことができたなら
ある者は夢見る
　誰かほかの人の喜びを
ある者は夢見る
　一生の苦しみをわすれて

ゆっくりと寂しそうに
　精霊たちが飛び去ってゆく
嘆きながら　祈りながら
　ゆっくりと　ああ　なんて寂しそうに——
雪のように白い
　一点の曇りもない翼を羽ばたかせ
蒼ざめた表情で

やがて訪れる破滅をなげきながら。

連れ合いの耳に届かないので
　いつしか歌をやめる
寂しい鳥のように
　ひとり　またひとり　去ってゆく
役に立たない愛のことば
　呼びかけは止んだ
願いつづけて心が折れて(59)
　ひとり　またひとり　去ってゆく。

船は進む　すすむ　まっしぐらに
　ひたすら進みゆく
そのとき　帆から帆へと飛翔する
　べつの影がやってきた

人びとが殺されて横たわる
　平原のように音もなく舞い
帆の上に落ちた影が
　染みのように広がる

いまはもう　眠る者に呼びかける声はない
助けおこす手もない
一日いちにちの長きを夢見ながら
彼らは死に向かって眠りつづける
「なんという空しさ」
　伝道者は言った
「すべては空しい　これが
　すべてのものの行く末である」と。

海に眠る

終《つい》の棲家《すみか》へ

FROM HOUSE TO HOME.

はじめに見たのは　夏のさかりの夢幻《ゆめまぼろし》
つぎに見たのは　薄れる意識にたゆたう幻影
冬の月明かりに凍えかけた心臓が
ゆるやかに鼓動をうっていました

「でも」とわたしのお友達がたずねる、
「あなたが見たものは何だったの　どこにあったの」
——それは喜びの苑《その》　心の中にあるもの
わたしを誘う美しすぎる地上の楽園。

それは空虚な妄執の織りなす紗《うすぎぬ》
やがて崩壊し　いたましい廃墟が残りました
なぜ美しい幻を空高くかかげたのでしょう
粉々に砕け散ってしまうだけなのに

わたしの城は透きとおる玻璃《はり》造り
いくつもの尖塔が渦巻くように聳《そび》えたち
はかなげに煌《きら》めいて
夏の黄昏どきに　焔と燃えあがりました

重なりあう丘陵に大きな樹々が
けだるい陰を落とす喜びの苑には
そこかしこに柔らかな花壇が見えていました、
焔のように　空のように　雪のように。

敏捷な栗鼠《りす》が野にあそび
　子羊は安心しきって跳びはねる
樹々の梢で小鳥が喜びいっぱいに囀《さえず》り
　命を謳歌《おうか》していました

モリバトは連れあいをさがし　姫森鳩《ひめもりばと》は巣作りをし
歌や花や果実にあふれた樹々は
枝をさし伸べて動物たちの里を編んでいました
根元に宿をとるのは小さな野ネズミたち。

ヒースの丘は遠く広がり　茂みの下で
　変わった鎧を着た蜥蜴《とかげ》が　きらりと光り隠れる
決まった住処《すみか》はないけれど
　稲妻のようにあちらこちらに現れる

青蛙や蟇蛙《ひきがえる》はなんとも無骨な仲間たち、ぴょんと飛んだり
のっそり歩いたり　平和に子孫をふやす
葦の葉がふわりと天鵞絨《ビロード》の頭をゆらし
さらさら朝露をふりまく

わたしの王国で青虫たちもすくすく育ち
見えない隅にナメクジや蝸牛《かたつむり》が暮らす
不思議なキノコはたった一夜で
みごとな椅子《スツール》を完成させる

地下回廊にモグラが平和に暮らし
毎年せっせと掘りつづける
ハリネズミが体を丸め身を守ることもない、
わたしはけっして脅かさないから。

時折わたしは天使のようなひとと共に歩いた
　燃える炎のような瞳(60)　魂をみとおす瞳は
わたしの願いをみたす
　底しれぬ深い海のようでした

ときに吹きよせた雪のように美しく
　ときに夕焼けのように赤あかと燃え
ときに空を切る翼を背にひろげ
　頭に光輪をいただいていました

ふたりでともに歩み歌をうたった、
　喜びを何度もなんども呼びおこしながら。
日がな一日心の友として語りあい
　夜には夢の中で絆をふかめました

どんな道をふたり歩んだか　それは言えません
ぴったり閉ざされて二度と入れない　あの忘れえぬ小径
ふたりで話したことも彼が教えてくれたことも
　わたしには語れない

わたしに言えるのはこれだけ――いっそう
　気持ちが高まって幸せいっぱいで
わたしの摘む花に棘はなかった
　彼が寂しそうとは露ほども思わなかった

ある日わたしが「明日ね」と微笑みかけると
　彼は「今晩だ」と重苦しくこたえ　黙りこんだのです
幾マイルもつづく長い道に
　立つ道標《みちしるべ》を指さして。

「いいえ　明日は楽しいはずよ
　今晩よりも明日の方がもっとずっと」
するとは彼は踵《きびす》をかえして
　わたしから顔をそむけてしまいました

そして何マイルもの道を走り　飛び去っていった
たった一度だけ振りかえり手招きをして
「追放された恋人よ　帰っておいで
　はるかな故郷へ帰っておいで」と叫んで。——

その夜は雪崩のようにわたしを打ちくだいた
たった一夜でわたしの夏は雪景色に変わった
翌朝見わたせば　樹の枝には一羽の小鳥も姿を見せず
　樹下に目覚める子羊もいなかった

小鳥も子羊もいない　息づく命は何もない
そよ風吹く草原を栗鼠が駆けぬけることもない
野ネズミがだいじに貯めた食べ物のそばで休むこともない
歓びはすべて夜明けまえに　翼にのって飛びさった

瑠璃《るり》色の空も太陽も天上の輝きをうしなった
瑞々《みずみず》しい朝露でなく　身を刺す白霜《しろしも》が地におりた
いとしい人よ、そのときわたしはわかったの
あなたにはもう二度と会えないと。

「もう二度と。」あまりのことに呆然と　わたしは呟いた
涙もこぼれず　手を激しく揉みしぼることもなかった
やがて聞こえてきたのは「また会えるよ
いつかきっと　遠いところで」とささやく低い声。

わたしは飢餓に襲われたように叫び起きあがった
　ろうそくを灯して部屋から部屋へと捜しまわった、
凍てつく風が戦いに赴くように
　空ろな暗闇をごおと吹きすぎた。

捜してもさがしても何も見つからないまま
　いくつもの夜と昼が過ぎてゆきました
「もう二度と会えないの　もう二度と」　わたしはむせび泣き
　ろうそくの芯を灯して　祈りもせずに歯軋《はぎし》りした。

打ちのめされて打ちひしがれて
　霜で凍りつく床に転がりのたうちまわり嘆いた
「もうたくさん　胸の鼓動など止まってしまえ
　ああ　愛しいひとよ　さよなら」

わたしの意識は遠のいた。すると上から
天空の精霊たちがうたう喜びの歌が聞こえてきました
ひとりが告げた「私たちの妹　彼女は長いこと苦しんだ」
もうひとりが答えた「そう　だから見せてあげましょう」——

ひとりが叫んだ「彼女は幸せだ　もう苦しむことも
絶望することもないのだから」
もうひとりが答えた「いいえ　彼女はもう一度生きなければ——
さあ　力づけてあげよう」

恍惚として横たわるわたしの目の前で
カーテンが急にさっと開いたような気がした
輝かしい光が差しこむと　その場所が
はっきり見えた。

そこには女性がいた。夜とあたらしい朝とが
争うところに　このうえもなく蒼ざめた
美しくてたとえようもなく
　寂しそうなひとが。

その瞳は聖なる炎を内に燃やす宝石のよう
星のように威厳があり　そして優しく
その姿は風を受けて小刻みに揺れる
しなやかな茎のようで　わたしをとりこにした。

わたしは外側の草いっぽん生えない地面に立ち
彼女は内側の花咲く地面に立っていた。
そして繰り返しくりかえし輪を描き
　夜とも朝とも知れない不思議な時を踊っていた。

花たちはみな棘の上に咲いていた。
　棘は砂地からすっくと生えて
彼女の足を突き刺す。しゃがれた嘲笑《あざわら》う声が
　残酷な手拍子とともに響きわたった

でも彼女はくじけない。血を流して泣いても
　屈することはない、喜びの朝が明けるまで。
無限の哀しみを――その長さを　広さを
　深みを　高さを　どこまでも探りつづけて

そのときわたしは気づいた、一本の鎖が彼女の体を支えていた、
　古来より途切れることなく命をつないできた鎖が。
稲妻も颪も嵐も越えてまっすぐに伸び
　しっかりと天につながる鎖だった。

ひとりが叫んだ　「どれほど耐え忍べばいいのか、地の岩に繋がれ
たたかい　苦しみ　いつ報われるというのか」——
またひとりが答えた　「信仰が嵐にもまれて揺さぶられている。
あの魂にもう一度力を与えよう」

そのときわたしは見たのです、苦いにがい飲み物が
なみなみと注がれた杯が下りてくるのを。
彼女は鉛色の唇をあけて　深みを探るように
飲むけれど　飲み物は減らない。

彼女が飲んでいるとき　わたしの目に
映ったのは　新しいぶどう酒と蜂蜜をつくり
流れ落とすひとつの手。飲み物の苦みは消えてゆき
どんどん甘くなり　やがて甘みだけになった

唇も頬も　しだいに若々しい薔薇色に染まり
飲みながら彼女は歌う　「足りないものは何もない」[61]
そしてさらに飲んだ。その間優しくゆっくりと
神秘の歌が流れていた

ひとりが叫んだ　「痛みは人を裏切らない真の友
荒野も薔薇のように花咲くだろう」――
またひとりが答えた　「ヴェールをはらい終わりを告げよう
彼女に力を与えよう、やがて旅立つ日のために」

すると地上と天上がいっせいに巻きあがり
時も　空間も　変化も　死も　かなたへ飛び去った。
重みも　数も　大きさも　限界まで達した
　この日がついにこの日がやってきたのです

幾千もの魂が喜びに立ちあがった
　輝かしい美しい天使たちと同じように。
椰子の木の下で竪琴を手に　花嫁衣裳を身に着けて
　優しくくちづけしあい　髪に冠を載せ　光輪をいただいて。

皆が歌をうたった、高みに立って新しい歌を[62]
　力強い真実の方のために　竪琴をかき鳴らしながら。
新しいぶどう酒を飲み　新しい光を得た瞳で見つめた
　見よ　すべてが新しく生まれ変わった

どこまでも　どこまでも　階段をのぼり続けた
　重なり合う焔のように　恐ろしいほど高くのぼった
誰にもその数はわからない、どんな言葉をもってしても
　その秘密の聖なる名前は語れない

"They sang a song, a new song in the height"

FROM HOUSE TO HOME.

（挿絵註）クリスティナ・ロセッティが所持していた John Keble の詩集 *The Christian Year* (1827) 内、"Palm Sunday" の頁に自ら描き入れた鉛筆画イラスト（*Christina Rossetti: Poetry in Art*, 90）にヒントを得て描いたものです。

ひとつの鼓動がすべてを揺り動かすように　ひとつの血流が
すべてに行きわたるように　ひとつの吐息が幾千の声となり
広がるように　彼らは竪琴を奏で　冠を投げ出し
立ちあがり崇拝し喜びにうち震えた

新たに照らされた月のように
それぞれの顔がひとつの方向に向き
愛の太陽を目指していた。果てしなく愛を飲み
愛に浸かり愛を映していた。

祝福された人びとは互いの栄光に触れて後光を放ち
もう離れないというように手をしっかりつなぎあった。
彼らは死者から新しく生まれ
偉大なる誕生日を迎えた人びと

心が心にこたえ　魂が安らかな魂にこたえ
　一対を成して満たし満たされた
誰もが愛し愛されていた。なかでも一番愛し
　愛されていたのはイエス様。

その中にわたしは見ました、愛を失い苦しんでいたあの女性を
棘を踏み　苦い杯を飲んでいた彼女の姿を
夜に失われ　朝に見出された女性を。
　堕ちた女性が引き上げられたのです

みなが輝かしい昼の光の中いっせいに立ちあがり
　長い日々をともにうたい続けた
愛に満ちた顔は月のように太陽の方を向き
　愛と賛歌で新たに照らされていました

だからお友達よ　わたしは嘘で塗り固めた家を
ふたたび建てようとは思わない——かつてはそこに住み
歓びの時を過ごしたけれど。たとえ打ちのめされても
破壊されず　わたしの魂は白い衣を纏《まと》い歩みつづける[63]

だから耐えしのび　魂をしっかり保っていこう
そう　火打石のようにきっぱりと顔を上げて[64]
すべてを引き倒したあとに　またすべてを建てなおそう——
そう　はるかかなたに　遠いとおいところに。

鋭い棘があっても　その上を歩んでいこう
苦い杯も主が甘くしてくださる
わたしの顔は一心にエルサレムを向いている
心はそれを忘れない。

うなだれた手を引きあげ　弱々しい膝を立てなおし
　ふたたび歩き出そう、わたしは七回も醸造した金よりも[65]
尊いのだから。やがて神が宝庫から新しいもの
　古いものをすべて持ってきてくださる。

灰にかえて美を　哀しみにかえて喜びの油を[66]
　重い心にかえて賛美の衣を纏おう
たとえ今日は木の葉のように枯れ
　病みつかれ萎れてしまうとしても。

たとえ今日　主がわたしという樹の枝を切り払っても
　彼の血がその根を養い暖める
明日にはふたたび蕾をつけて
　果実がたわわに実ることでしょう。

たとえ今日　長く辛い道を歩いても
主の杖が鞭に代わっても
定めの日々を待ちます
そう　神に身をまかせ歩みます。(67)

ゆく年くる年のうた

Old and New Year Ditties.

一.

新しい年の始まりは　少し悲しい
　過ぎた年を思えばつらい
なくしてしまったお気に入り
　かなわなかった願いごと
でも今日この道を歩めばその先に
ああ　神さまの思し召しがあるのなら

始まったばかりの一年よ
　どんな贈りものを届けてくれるの

苦しみも喜びも受けとめるから
ありのままの姿を見せて
　だましたりしないで
よいことも悪いこともきっと
天に続く道を助けてくれます
ああ　神さま　たとえそれがいばらの道でも

二．

さあ　ともに待ちましょう　男も女も小さな子らも
わたしの心にいつもいる　愛しいひとたちも
今年最後の寝ずの番　ともにみんなで待ちましょう
仕事に夢中のひと　楽しい計画に夢中のひと
ぽっかり空いたこの時間　眠りにつくひと　夢見るひとも
離れていても心をひとつに　ひざまずいて待つひとも

さあ　ともに待ちましょう　さいわいな精霊たちよ
白衣をまとい　聖夜に歩む者たちよ
長い苦しみを越え　安らぎを見出す者たちよ
気配はなくともわかります
蘇《よみがえ》りの前夜　かれらはゆっくり時を数え「どれほど待てば」と
せつなく力強く呼びかけているのです。

ああ　ともに待ちましょう、イエス様　孤独なわたしを
他の人がみな拒んでも　見捨てても
どうかあなたは立ちどまり　祝福してください
そう　あなたはこの晩　ともに起きていてくださる
つらく苦しい夜のあとに　きっと喜びの朝が明ける
愛しいかた、わたしはあなたのもの　あなたはわたしのもの。(68)

三.

「通りすぎる　過ぎてゆく」と地上の世界が言う
「たいせつな好機《とき》も　美しさも青春も　日々失われてゆく
おまえの命はけっしてひとつに留まることがなく
視野はかすみ　豊かな黒髪に霜が降りている
月桂樹の枝も栄冠も戴《いただ》くことのないままで。
春になればわたしは緑の衣を身に纏い　五月には蕾をつける
だがおまえは根が干からびて朽ち果て　立ち上がることもできぬ
永遠に　わたしの胸に抱かれたままで。」
わたしは答えた、「おっしゃる通りです。」

「通りすぎる　過ぎてゆく」とわたしの魂が言う
「怖れや希望　苦労や楽しみの荷とともに　通りすぎてゆく
おまえが経験した過去の物語を聞くがいい

金は錆びつき　衣は虫に食われる
蕾は病んで　葉は朽ちる
だが夜が更けて　夜明けが訪れ　朝になれば
必ず花婿がやってくる　遅れることなく
だから信じて祈り　待ちつづけるがいい。」
わたしは答えた、「わかりました。」

「通りすぎる　過ぎてゆく」と神さまがおっしゃる
「長らく留まった冬が過ぎ去る
蔓に新しい葡萄がみのり　柔らかな枝に新しい無花果《いちじく》がみのる
五月の天国で山鳩が呼びかわす[69]
私の到着が遅くとも　信じて祈り待つのだ
――起き上がれ　立ち上がれ　夜は過ぎ光が訪れた
愛しい人、私の妹　私の花嫁よ――と必ずや呼びかけるから。」
わたしは答えた、「はい　きっとお待ちしています。」

ゆく年くる年のうた

アーメン　（結びのことば）

AMEN.

もう終わりました。「何が終わったの？」
　なんて豊かな終わりでしょう
種をまき待ちわびた　収穫《かりいれ》のときを迎え
　麦の穂束があらたに積まれ
　小麦がたっぷりできました

もうお仕舞いです。「何がお仕舞い？」
　知らぬまに終わったこともたくさん
命あるものは終わりを迎え　のこりの時間《とき》はもうわずか
「休耕中の畑には　種を蒔かないままかしら

蕾たちはもう　花ひらかないまま?」
もう充分。「何が充分なの?」
よく考えてごらんなさい　すべて満ち足りています
氷にかたく閉ざされた地に　春がふわりと咲きほこり
茨《いばら》に薔薇が花ひらき
ものみなすべて目覚めさす　光がきらきら輝いて
風がかろやかに吹いて
わたしの庭は　かぐわしい香りに満たされることでしょう。(70)

クリスティナ・ロセッティ略伝

『小鬼の市とその他の詩』（一八六二年）出版に至るまで

クリスティナ・ロセッティ（Christina Georgina Rossetti, 1830-94）は、イギリス、ヴィクトリア朝期を代表する詩人のひとりである。父ガブリエーレ・ロセッティ（Gabriele Rossetti, 1783-1854）はナポリ王国で、聴衆の求めに応じて詩を紡ぐ「即興詩人」だった。初期のイタリア統一運動に関与し、王に追われてイングランドに政治亡命する。同じくイタリアからの亡命者を父にもつフランシス・ポリドーリ（Frances Polidori, 1800-86）と結婚した。フランシスの兄ジョン（John Polidori, 1795-1821）は詩人バイロン（George Gordon Byron, 1788-1824）の侍医をしていたことがあり、『吸血鬼』（*The Vampyre*, 1819）の作者として知られる。

ガブリエーレは中世イタリア詩人ダンテ（Dante Alighieri, 1265-1321）の研究に打ち込む傍ら、ロンドン大学キングズ・カレッジのイタリア語教授となる。フランシスは敬虔な英国国教会の信徒、ガブリエーレは自由思想主義のカトリック信徒だった。クリスティナは二人を両親とする四人きょうだいの末子として一八三〇年に生まれる。長女マライア（Maria

Francesca Rossetti, 1827-76）には詩人ダンテ研究の著作があり、長兄ダンテ・ゲイブリエル（Dante Gabriel Rossetti, 1828-82）は画家・詩人として芸術家集団「ラファエロ前派」を立ち上げた。次兄ウィリアム（William Michael Rossetti, 1829-1919）は役人で文筆家としても活躍した。彼は家族を経済的に支え、のちにゲイブリエルとクリスティナの回想録を書いている。

幼少期のクリスティナは他のきょうだいと共に家庭で母親の教育を受け、父の朗誦を聞きつつ英語やイタリア語の詩に親しんだ。リージェンツ・パークや大英博物館に近いロンドン中心部に住み、夏になると母方の祖父のコテッジがあるホルマー・グリーン村（バッキンガム州）で過ごした。美しい田園地帯で動植物、とくに小さな動物たちを身近に観察した経験が、のちの作品の自然描写に映し出されている。十一歳の時に大好きな母の誕生日のために書いた詩が初めての作品となった。

活発で感情表現豊かだったクリスティナは、十代半ばごろから原因不明の神経衰弱に見舞われ、心身ともに病みがちとなる。それとともに内向的な性格に変わっていった。父も身体を壊して大学の職を辞しており、家計が困窮したため、母と姉はガヴァネス（家庭教師）として働きに出始めた。二人の兄は学校（キングズ・カレッジ・スクール）に通い、クリスティナは自宅で病気の父親を看病しつつ、二人で静かに過ごす生活が続く。

この頃クリスティナは、母や姉とともに通っていた教会、オールバニ・ストリートのクライスト・チャーチで、当時英国国教会を席巻していたオックスフォード運動の思想に直に触れていた。ここでは運動の指導者のひとりであるピュージィ（Edward Bouverie Pusey, 1800-82）とその弟子ドッズワース（William Dodsworth, 1798-1861）が地上のむなしさや、自己の罪を自覚し悔い改めることの重要性を説いた。この教えはとくに女性に対して向けられ、聖職者たちの情熱は、英国国教会初の女子修道院設立（一八四五年）をもたらした。両親の反対を押し切り修道女になることは、ラジカルな選択肢ともいえた。しかし、当時自己実現の機会の少なかった少女たちが、神に身を捧げる生活に意義を見出し、憧れをかきたてられたことも事実だった。このような環境で、多感な十代に過度の自己批判が養われ、信仰への熱意が新たにされたことも、クリスティナが精神の均衡を崩す要因のひとつとなった可能性がある。

体調に波があるなか、クリスティナは詩作を続ける。一八四七年には祖父のもつ印刷機で私家版『詩歌』（*Verses*）が製作され、親戚や知り合いに配られた。これをきっかけに、兄ゲイブリエルが妹の詩才に感銘を受け、兄妹二人が時に共同作業をする関係が始まる。一八四八年、ゲイブリエルはジョン・エヴァレット・ミレー（John Everett Millais, 1829-96）、ウィリアム・ホルマン・ハント（William Holman Hunt, 1827-1910）ら志を同じくする仲間とともに、「ラファエロ前派」を結成。その趣旨は、慣習的なアカデミズムの画風を排し、ルネッサンスのラファエロ以前の芸術に立ち戻ることであり、自然の細密描写にその特色があった。のちに次兄ウィリアム・マイケルもメンバーとなった。ゲイブリエルはクリスティナも誘いたかったが、女性である彼女が直接参加することは難しかった。なお、この頃ゲイブリエルはクリスティナをモデルに、油彩画「聖母マリアの少女時代」(*The Girlhood of Mary Virgin*, 1848-49)と「受胎告知」(*The Annunciation*, 1849-50)を描いている。

同じ頃にラファエロ前派のメンバーの一人である画家ジェイムズ・コリンソン(James Collinson, 1825-81)がクリスティナに恋をする。当初彼女は、カトリック教徒であるコリンソンに対し、宗派が違うとの理由で断っていたが、彼が国教徒に改宗したため、申し出を受け入れ、二人は婚約した。しかし一八五〇年に、コリンソンが再びカトリック教徒に戻り、婚約が解消された。この出来事は、婚約期間にコリンソンへの思いを深めていたクリスティナに、大きな打撃を与えたと言われる。

一八五一年、母フランシスが家計を維持するために、自宅で少人数の子どものための私塾を始めることを決意する。クリスティナは母の右腕となり手伝った。しかし塾経営による利益は乏しく、一家はおもに次兄ウィリアムの給与に頼る生活であった。

クリスティナの詩作の情熱は衰えなかったが、作品発表の機会はごく稀だった。一八四八年、一七歳のときに文芸誌『アテナイオン』(*Athenaeum*)にC・G・Rのイニシャルで二編の詩が掲載された。さらに一八五〇年から五三年にかけて、ラファエロ前派の広報誌でもあった『芽生え』(*The Germ*, 全四号のうち後半二号はタイトルを *Art and Poetry* に変更)

や、貴族の若い女性らが創刊した文芸誌『花束』（*The Bouquet from Marylebone Gardens*）に、匿名や筆名で作品が発表された。『芽生え』に掲載のクリスティナによる七編の詩には、「夢の国」（詩の原題は本翻訳詩集内の記載を参照、以下同）「終焉」「うた（若い息吹に　薔薇を）」「思いめぐらせて」「美しい死」「証《あかし》」が含まれていた。これらの文芸誌はほどなく廃刊となった。そこで彼女は、二三歳の時に大手の文芸誌『ブラックウッズ・マガジン』（*Blackwood's Magazine*）や『フレイザーズ・マガジン』（*Fraser's Magazine*）に、手紙を添えて自作の詩を送った。しかし編集者からの芳しい反応はなかった。クリスティナの二十代の月日は、彼女の言葉を借りれば、ほぼ「無名の詩人」のままに過ぎていったのである。

一八五四年クリミア戦争が勃発すると、イギリス人の負傷兵士の窮状が伝えられ、フロレンス・ナイチンゲール（Florence Nightingale, 1820-1910）が看護婦を組織し、スクタリに従軍することになった。クリスティナもまた彼女に憧れ、看護婦として志願する。女性の活躍の場が限られた社会において、詩人としての未来も不透明ななか、若者らしい意欲があったことが窺える。しかしまだ経験も浅く、病気がちだったクリスティナが採用されることはなかった。なお、母方の叔母イライザ・ポリドーリ（Eliza Harriet Polidori, 1810-93）はこのときナイチンゲールと共に従軍している。

同年四月には、長く病に臥せっていた父ガブリエーレが死去したため、クリスティナは自身の人生を考える時間をより多くもつようになった。教会は女性に節制と謙虚さの美徳を説き、芸術の分野においても、女性が進出するには様々な障壁がある。しかし、家族や理解ある芸術家仲間たちは、クリスティナの自己実現の願いを後押ししていた。やや内気な性格ながらも、文人や画家と交流しつつ、創作活動を続けた。一八五七年頃に、画家のジョン・ブレット（John Brett, 1831-1902）がクリスティナに求婚し、彼女が断っていたのではないかと推測される（「おことわりよ、ジョン」がこの頃に書かれたが、ブレットがモデルなのかは不明）。彼は未完のクリスティナの肖像画を遺している。

一八五〇年代はフェミニストの活動家たちが、女性の経済的自立に向けた取り組みをしていた。一八五八年にベシー・パークス（Bessie Parkes, 1829-1925）やバーバラ・ボディション（Barbara Bodichon, 1827-91）ら、「ランガム・プレイス・グループ」（Langham Place Group）のメンバーが、『イングリッシュ・ウーマンズ・ジャーナル』（*The English Woman's Journal*）を創刊、女性の雇用促進を議論し、また女性が社会で意義ある仕事をするべく、慈善活動を行うことの重要性を説いた。

クリスティナは彼女たちの呼びかけに呼応するかのように、一八五九年より、ハイゲイトにある「聖マグダラのマリア女子更生所」（St Mary Magdalene Penitentiary）でボランティアのシスターとして働き始めた。この施設は、当時社会問題になっており、文芸や絵画の主題としても登場した、いわゆる「堕落した女性たち」（貧困のため売春婦となるなど、婚外交渉をもった女性たち）を救済するために設立されたものである。クリスティナはシスター長になるよう打診されたこともあったが、健康上の理由で辞退している。

貧しき者のための学校やホームレスのシェルターなど、ほかにも慈善活動の場はあったにもかかわらず、クリスティナがこの仕事を選んだのは、彼女の詩に頻出する罪の意識ともかかわりがあるかもしれない。その意識はおそらく、ピュージィらが説いた悔い改めの教えによって深く心に刻み込まれていた。このことが、「罪を犯した」とされる「堕落した女性」への共感を呼んだとしても不思議ではないだろう。

クリスティナが、罪の贖いの物語としても読める、魅力あふれる物語詩「小鬼の市」を完成したのは、まさに彼女が更生所で働き始めた頃だった。ノートの手書き原稿には、詩のタイトルの下に、姉マライアに捧ぐと記されている。イタリア語家庭教師として働きつつ、教会の奉仕活動にも熱心なマライアを、クリスティナは敬愛していた。姉妹の絆を描く物語「小鬼の市」は、彼女に捧げるためにぴったりの作品だったに違いない。

この頃、クリスティナは再度自作の詩の出版に意欲を示し、文芸誌『ワンス・ア・ウィーク』(*Once a Week*)にコンタクトをとった。その結果、一八五九年八月に「インド、ジャンシの砦にて」、十一月に「モード・クレア」が掲載された。また、同年クリスマスに向けて出版された詞華集『小夜啼鳥の谷間』(*Nightingale Valley*)に、「英語で書かれた選りすぐりの詩」のひとつとして以前『芽生え』に掲載されたクリスティナの「終焉」が採用されたのは、明るい兆しであった。

一八六〇年夏、クリスティナは、前述の「ランガム・プレイス・グループ」の代表的人物であるボディションの訪問を受けた。おそらくこのときに、ボディションからグループへ参加するよう誘われたと推測される。クリスティナが返事を保留するも、二人はこの後も交流を続けた。ランガム・プレイスの活動に直接かかわることはなくとも、クリスティナが詩人として立つために出版への努力をし続けたのは、女性の生き方について前向きに考え行動する、こうした友人たちの影響も大きかったのではないだろうか。

『小鬼の市とその他の詩』の出版事業がいよいよ動き始めたのは、一八六一年のことだった。この年一月にクリスティナは、一八五九年創刊のリベラルな文芸誌『マクミランズ・マガジン』（*Macmillan's Magazine*）編集者に向けて、「ご迷惑かもしれませんが」とやや遠慮がちな手紙を添えて詩の原稿を送っている。編集者は知り合いだったため、掲載不可の場合相手が断りにくいことを気遣っていたのである。しかし編集者デヴィッド・マソン（David Masson, 1822-1907）の反応は上々で、「登り坂」が受け入れられた。マソンから顚末を聞いた経営者アレクサンダー・マクミラン（Alexander Macmillan, 1818-96）も、クリスティナの他の作品も見たいと、熱心に求めたのである。この頃クリスティナは、ゲイブリエルの仲介で、ゲイブリエルに「ラファエロ前派」を擁護したことで知られる美術評論家のジョン・ラスキン（John Ruskin, 1819-1900）にも、「小鬼の市」の原稿を送っていた。ラスキンの評価は「力強い詩だが風変わりで、韻律が不規則」「とても出版できる代物ではない」と厳しいものだった。妹の詩才を信じるゲイブリエルはこの評価に対し、「残念だし不愉快だ」と憤った。

マクミランの要請を受けたゲイブリエルは喜び勇んで、クリスティナに向けて、出版に向く詩があれば全部自分に送るように、自分がその中から選ぶから、と提案した。彼はクリスティナの手書き原稿を受け取ると、いくつかを詩人スウィンバーン（Algernon Charles Swinburne, 1837-1909）や他の仲間に読みきかせた。皆から好評を得るとますます夢中になり、本格的な出版に向けて、あれこれと助言を始めた。クリスティナもゲイブリエルが当時出版を考えていた翻訳詩にコメントするなど、雑誌『芽生え』の時以来の、お互いの才能を認め合う二人の共同作業が再び始まったのである。

こうして最初に『マクミランズ』に「登り坂」、続けて「誕生日」、「林檎摘み」が掲載され、読者の好評を博した。そしてついにマクミラン社から一冊の詩集を出版する運びとなり、巻頭詩はマクミランも気に入った「小鬼の市」と決まった。他の詩はゲイブリエルがクリスティナと相談しながら選んだ。彼の助言で、世俗詩と宗教詩のパートに分け、各詩の不必要な連をカットしたり、タイトルを変えたりするなどの準備を進めた。ゲイブリエルはイラストとして二つの木版画を提供する約束をした。マクミランはクリスティナの、私家版を除けば初めての詩集を、小さくて可愛らしい、クリスマスにぴったりの本にしたいと考えていた。

ゲイブリエルのデザインによる木版画は十二月初頭になっても完成しなかった。彼自身、自作詩集とイタリア詩の翻訳詩集を出版することになっており、また長い婚約期間ののちに結婚したエリザベス（リジィ）・シダル（Elizabeth Siddal, 1829-62）が、死産のあと健康状態を悪化させるなど、公私ともに忙殺されていた。結局木版画は年内に届かず、またこの月にヴィクトリア女王の夫アルバート公が逝去し、イギリス中が喪に服したため、出版は翌年に持ち越された。

一八六二年二月にはリジィが、神経を鎮めるための治療薬として常用していた阿片の過剰摂取のために亡くなった。ゲイブリエルは哀しみに沈みつつも、約束していた木版画を完成させ、『小鬼の市とその他の詩』はようやく四月に刊行されたのである。

「無視されるよりは、批判されてもレビューをもらえる方がよい」と語っていたクリスティナだが、内心は不安も大きかったことだろう。だがまもなく多くの文芸誌に、この詩集に対する高評価のレビューが続々と掲載された。それらは「独創的」で、「想像力にあふれ」、「瑞々しい」（Marsh, *A Writer's Life*, 280-84）作品世界をもつ詩人のデビューに惜しみない賛辞を与えたのだった。

GOBLIN MARKET
and other poems
by Christina Rossetti

"Golden head by golden head"

London and Cambridge
Macmillan and Co. 1862

DGR WJL

ダンテ・ゲイブリエルのデザインによる二つの木版画

あとがき

本書は、十九世紀イギリス・ヴィクトリア朝期の詩人、クリスティナ・ロセッティの第一詩集『小鬼の市とその他の詩』（*Goblin Market and Other Poems*, 1862）を翻訳したものです。巻頭詩の「小鬼の市」は、ふたりの姉妹が果物を売る不思議な妖精ゴブリンと出会う物語で、ロセッティの代表作として広く親しまれています。ロセッティの豊かな詩の世界を紹介するため、彼女が生前出版したままに「一冊の作品」としての翻訳を提供できれば、との思いが、本書を上梓する動機となりました。「クリスティナ・ロセッティ略伝」では、第一詩集出版までのロセッティの道のりを辿っています。

ロセッティが生前出版した詩集のうち、第一詩集と近い主旨で編まれたものに、次の二冊があります。

・『王子の旅とその他の詩』（*The Prince's Progress and Other Poems*, 1866）
・『野外劇とその他の詩』（*A Pageant and Other Poems*, 1881）

三冊ともに、ロセッティ自身が吟味して編纂した詩集です（第一・第二詩集は兄、ゲイブリエルの意見が多く反映されています）。物語詩、抒情詩、ソネット、演劇的独白詩、信仰の詩などが、バランスよく配置され、読む人を飽きさせません。ロセッティの生きた時代、イギリスでは、詩集は大切な人への贈りものとして人気がありました。現代の私たちにとっても、彼女の詩集は、詩人からの時をこえた贈りものであり続けています。

右に記した三冊の他に、ロセッティは童謡詩集『シング・ソング』（*Sing-Song: A Nursery Rhyme Book*, 1872）や、宗教詩を編んだ『詩歌』（*Verses*, 1893）をまとめました。また、第一・第二詩集の合本（*Goblin Market, The Prince's Progress, and Other Poems*, 1875）が、新しい詩編を加えた形で出版されています。その他の詩は、詩人が十七歳の時に祖父が印刷した私家版に所収のもの、当時の文芸誌、詞華集、彼女自身の小説や宗教的著作に掲載のもの、死後出版されたもの（イタリア語の詩も含む）です。ロセッティは散文作品も多く著しています。

本翻訳詩集のカバー絵、口絵を含む画は、詩のイメージを膨らませるために訳者が描いていたものに基づいています。出版を機に、あらたに描きなおしました。数年前に、友人のイギリス詩人リチャード・コープランドさん（Richard Copeland, 1945-2018）が、訳者がノートの端に描きつけた小さな絵に目をとめて、挿絵付きでロセッティ詩集を出版してはどうか、と提案してくださいました。それ以来折に触れてコメントを寄せて、時に"Your lovely delicate drawing compliments Rossetti's fine poem perfectly"と言ってくださったことが励みになりました。そのリチャードさんは、昨年クリスマスの朝に旅立たれました。今回の出版をご報告できなかったのが残念ですが、見守ってくださっていることと思います。

翻訳を進めるなかで、国内外の研究書からの恩恵にあずかりました。諸先生方や研究者仲間、友人たちからは、推敲中の原稿に貴重な示唆をいただきました。村田辰夫先生、須賀昭代先生は、英語の解釈や日本語の言葉遣いを含め、重要な指摘をしてくださり、池田裕子さん、佐藤由美さんは、気づきを導く細やかなコメントを送ってくださいました。宮田益代さんは読みやすい日本語へのアドバイスをくださり、Rita DeCoursey さんは、詩と英語に関する質問に丁寧に答えてくれました。いくつかの詩編の翻訳については、機関誌『文学と評論』の合評会で意見をいただきました。この場を借りて、皆様にお礼を申し上げます。次々に翻訳の草稿を渡す訳者に辛抱強くつきあい、助言をくれた夫の遠藤史にも、感謝を伝えます。もちろん、翻訳や略伝に不備や誤解があれば、すべて訳者である私の責任です。お気づきの点はご教示いただけたら幸いです。

装丁については大学時代からの親友が相談にのってくれました。パステル画は、美しい絵を描かれる大浦かづさんから手ほどきをいただきました。ここにお名前をあげられなかった方々にも、様々なかたちでお世話になりました。本当にありがとうございました。最後になりましたが、本翻訳詩集出版を承諾し、温かい言葉をかけてくださった鳥影社の皆様、中でもいつも適切な助言で助けていただいた編集者北澤晋一郎氏に、心からの感謝を記します。

二〇一九年　スノードロップの咲く頃に

滝口智子

代表的なものにオックスフォード運動の主導者の一人ジョン・キーブル（John Keble, 1792-1866）の「類比と保留」（Analogy and Reserve）の詩学があった。キーブルは、神からのメッセージは即座に理解されることはなく、ヴェールをかけられて（保留されて）おり、少しずつ明らかになると考えた。（Tennyson, *Victorian Devotional Poetry*; 滝口 1990, 1992）

232 頁 「野の百合を見よ」（花の教え）

上田敏による翻訳では「花の教（おしえ）」というタイトルで親しまれていることを鑑みて、副題とした。前頁の詩「象徴」と同じく、この詩にも類比と保留の詩学を見出すことができる。（Roe 16-24）

238 頁 「証」

この詩は、伝統的に旧約聖書「コヘレトの言葉（伝道の書）」の作者とされるエルサレムの王ソロモンが語った言葉を、一人称（“I said”）で記したという設定である。最終連に「エルサレムに世界一の賢者である王がいた」とあるが、この王はソロモンを指す。最終連は、ソロモンの言葉を伝える詩の語り手による、「上記の言葉はすべてソロモンの言葉であった」という注釈の役割を果たす。

254 頁 「終の棲家へ」

「修道院の敷居」と同様に、詩の語り手が（目の前の）聞き手に対して独白する「劇的独白詩」というジャンルの詩である。原題の “House” は語り手が見た地上の楽園の夢、“Home” は天上のヴィジョンである。詩の内容をふまえて「終の棲家へ」という邦題をつけた。この詩には、キリスト教のふたつの終末論が共存している。ひとつは「歴史的終末論」と呼ばれるもので、キリストが世の終わりに再臨し、全人類が死から復活し、最後の審判が行われ、永遠の命が与えられるという考え方である。もうひとつは「個人的終末論」と呼ばれるもので、ひとりひとりの人生において魂が進歩をとげ、永遠の命を獲得してゆくという考え方である。至福に到達できるのは世の終わりであるとする歴史的終末論は、地上の生をかりそめのものと捉えるため、地上的な喜びへの軽視を伴いやすい。一方個人的終末論は、地上における個人の人生を重視するため、地上的な喜びを積極的に評価することがより可能となる。『終の棲家へ』の特異な点は、これらふたつの終末論を共存させていることである。それゆえ、作品中で地上への否定的な態度と肯定的な態度のせめぎあいが起こっている。

ヴィクトリア朝中期は、大きな流れで見れば、キリスト教終末論が歴史的終末論から個人的終末論へと転換してゆく最終段階にあった。つまり、（個人の人生において魂が高みに達すると考える点で）空間的な発想をもつ個人的な終末論が、（人類が歴史上のある一点に向かっていると考える点で）強い時間意識をもつ歴史的終末論に対して、勝利を収めつつあった。『終の棲家へ』にも、ふたつの終末論が描かれるなかで、高みを目指す「空間の終末論」が、「時間の終末論」に対してしだいに優勢になってゆく様子が描かれている。（滝口 2007, 2008）

中世より王侯貴族のマントなどに用いられた。「百合の紋」と訳出した “fleurs-de-lys” は、フランス語で「百合の花」という意味で、紋章図形によく使用される。

102 頁 「時と幽霊」

ロセッティのゴシックを代表する作品。ゴシック物語においては、身体的な恐怖ばかりでなく心理的な葛藤が描かれる。「時と幽霊」の花嫁は、恋人（夫）の死後、他の男性と結婚することに罪の意識をもち、彼の幽霊を見る。花嫁の前に広がる荒涼とした海は、彼女が渡ろうとする生と死の境界域である。(滝口 2017)

136 頁 「妖姫幻影」

原題の “Fata Morgana” はシシリー島沖のメッシーナ海峡付近に見られる蜃気楼をさす。イタリア語で（アーサー王伝説に登場する）「妖精モルガン姫」という意味である。モルガン姫の魔法で蜃気楼が現れるとの言い伝えから、このように呼ばれるようになった。

182 頁 「修道院の敷居」

許されない恋を悔い改めようとする女性が、修道院に入る戸口でためらい悩む様子を描いた「劇的独白詩」である。詩の語り手は元恋人に対して語りかけているか、手紙を書いている。詩の冒頭における血のイメージは、家族どうしの不和から流血事件が起こったか、あるいは恋人と近親相姦であったことを暗示する。ロセッティの兄ウィリアムは、許されない恋愛を描く『アベラールとエロイーズ』や『ロミオとジュリエット』を想起させる、と指摘している（*PWCR*, 482)。詩の語り手は、元恋人にも自分と同じように悔い改めることを求め、次第に強い命令口調となる。

作品中、語り手が見た夢がふたつ語られる。ひとつめの夢に登場する霊は、最上級の熾天使であったが堕天したとされるルシファーのイメージと重なる。その霊は知識を追い求めているが、知識とキリスト教は切り離せない概念である（アダムとイヴは神の言いつけを破り、禁断の木の実を食べて知識を身につけたため、楽園から追放された)。ふたつめの夢には、墓を暴きに来た恋人を墓の中で迎える語り手が登場する。死者である彼女は、半ば眠りながら、新しい恋人を見つけるよう彼を諭すが、血塗られたその姿に彼への未練がにじみ出る。

全編にわたり聖書、とくに「ヨハネの黙示録」への言及が多く、聖書の言葉や天国のヴィジョンとゴシック的な夢とが交差するように描かれる。(滝口 2004)

220 頁 「キリスト教徒とユダヤ教徒　ある対話」

流浪の民となり希望を失ったユダヤ教徒と、蘇りへの希望を語るキリスト教徒との会話という形式の詩。この詩が書かれたとされる 1858 年に、ユダヤ教徒救済法（Jews Relief Act）が施行された。ユダヤ教徒の権利を認めることをねらいとした議会制定法である。(Scheinberg, 122-25)

228 頁 「象徴」

ロセッティの時代、自然の事物は神のメッセージを伝える象徴であるという考え方が唱えられ、

解説

* 本翻訳の原本は次の通りです。
Christina Rossetti. *Goblin Market and Other Poems*. London: Macmillan and Co., 1862.

* 本翻訳の一部は、これまで訳者が研究会機関誌や紀要に発表した翻訳を改訂したものです。和文参考文献をご参照ください。

8頁 「小鬼の市」（ゴブリン・マーケット）
妖精物語を集めた書物に親しんでいたロセッティは、そこに登場する様々な妖精（dwarves, elves, pixies）や、シェイクスピア作『真夏の夜の夢』の妖精の描写をヒントに、この物語詩を書いたと思われる（Marsh, *A Writer's Life*, 230; Herendeen 24-26）。タイトルは当初の "A Peep at the Goblins" から、兄ダンテ・ゲイブリエルの提案で現タイトルに変更された（*The Complete Poems of Christina Rossetti*, ed. R. W. Crump, vol. 1: 234）。
ロセッティはこの詩に何の寓意も意図していないと語っている（*The Poetical Works of Christina Georgina Rossetti with Memoir and Notes by William Michael Rossetti* 459. 以下 *PWCR*）。しかし「小鬼の市」は多様な解釈を呼んできた。おとぎ話、キリスト教、セクシュアリティ、経済学、病、フェミニズムなど様々な観点から論じられている。

50頁 「インド、ジャンシの砦にて」
インド大反乱（第一次インド独立運動、1857-59）でジャンシーの歩兵連隊司令官だったアレクサンダー・スキーンが、妻とふたりの子供とともに死亡した事件を扱った作品。簡素な表現で緊迫した場面を描き、夫と妻の声が混然一体となる。のちにロセッティ自身が「（状況が）歴史的事実とは異なることが後に分かったが、当時書いたままにこの小さな詩をのこしておく」と註をつけている（*PWCR*, 480）。

52頁 「夢の国」
ロセッティは十代の頃に通っていた教会で、オックスフォード運動の指導者のひとり William Dodsworth が唱えた「魂の眠り」（Soul Sleep）という教義に触れていた。「魂の眠り」とは、前千年王国論という終末論において、キリスト再臨までの期間、死者の魂は眠っているとする考え方である。その眠りのイメージは「夢の国」ほか、ロセッティの多くの詩の源泉となった。（Waller, "Christ's Second Coming"; 滝口 1996）

88頁 「誕生日」
「栗鼠の毛皮」と訳出した "vair" は、栗鼠の背と腹の毛皮を交互に継いだまだら模様の毛皮で、

(47)「野の花がどのように育つのか、注意して見なさい。働きもせず、紡ぎもしない。」「マタイによる福音書」6:28

(48) この連における「私」とは、「コヘレトの言葉」の作者ソロモンである。

(49)「ああ、人はただ影のように移ろうもの。ああ、人は空しくあくせくし　だれの手に渡るとも知らずに積み上げる。」「詩編」39:7

(50)「風はただ巡りつつ、吹き続ける。」「コヘレトの言葉」1:6

(51)「目をそらすや否や、富は消え去る。鷲のように翼を生やして、天に飛び去る。」「箴言」23:5

(52)「愚かな者よ、今夜、お前の命は取り上げられる。」「ルカによる福音書」12:20

(53)「……雨が降り、川があふれ、風が吹いてその家に襲いかかると、倒れて、その倒れ方がひどかった。」「マタイによる福音書」7:24-27

(54)「彼らは風の中で蒔き　嵐の中で刈り取る。」「ホセア書」8:7

(55)「主は羊飼い、わたしには何も欠けるところがない。」「詩編」23:1、「主を畏れる人には何も欠けることがない。」「詩編」34:10

(56)「野牛は彼らと共に倒れ　子牛は雄羊と共に倒れ　彼らの土地は血に浸され　その土地は脂肪を滴らす。」「イザヤ書」34:7

(57)「コヘレトの言葉」の作者とされるエルサレムの王ソロモンのこと。

(58) 原文にある「深い海」"the deep waters" のイメージは聖書において「箴言」18:4、20:5、「イザヤ書」43:2 にみられる。

(59)「待ち続けるだけでは心が病む。」「箴言」13:12

(60)「目は燃え盛る炎のようで、足はしんちゅうのように輝いている神の子」「ヨハネの黙示録」2:18

(61)「わたしには何も欠けることがない。」「詩編」23:1

(62)「新しい歌を主に向かってうたえ。」「詩編」96:1

(63)「彼らは、白い衣を着てわたしと共に歩くであろう。」「ヨハネの黙示録」3:4

(64)「わたしは顔を硬い石のようにする。」「イザヤ書」50:7

(65)「あなたがたの信仰は、火で精錬されながらも朽ちるほかない金よりはるかに尊くて」「ペトロの手紙 1」1:7

(66)「シオンのゆえに嘆いている人々に　灰に代えて冠をかぶらせ　嘆きに代えて喜びの香油を」「イザヤ書」61:3

(67)「主の御名に信頼し、その神を支えとする者が」「イザヤ書」50:10

(68)「恋しいあの人はわたしのもの　わたしはあの人のもの」「雅歌」2:16

(69)「ごらん、冬は去り、雨の季節は終った。花は地に咲き出で、小鳥の歌うときが来た。この里にも山鳩の声が聞こえる。」「雅歌」2:11-12

(70)「北風よ、目覚めよ。南風よ、吹け。わたしの園を吹き抜けて　香りを振りまいておくれ。恋しい人がこの園をわがものとして　このみごとな実を食べてくださるように。」「雅歌」4:16

(21)「イザヤ書」42:3

(22)「マリアは良い方を選んだ。」「ルカによる福音書」10:42

(23)「イエスは、〈水を飲ませてください〉と言われた。」「ヨハネによる福音書」4:7

(24)「待ち続けるだけでは心が病む」「箴言」13:12

(25)「10人のおとめがそれぞれともし火を持って、花婿を迎えに出て行く。そのうちの5人は愚かで、5人は賢かった。」「マタイによる福音書」25:1-13、「ルカによる福音書」12:35-40

(26)「今は悪い時代なのです。」「エフェソの信徒への手紙」5:16

(27)「あなたの仰せを味わえば　わたしの口に蜜よりも甘いことでしょう。」「詩編」119:103

(28)「目が見もせず、耳が聞きもせず、人の心に思い浮かびもしなかったことを」「コリントの信徒への手紙1」2:9

(29)「いちじくの実は熟し、ぶどうの花は香る。恋人よ、美しいひとよ　さあ、立って出ておいで。」「雅歌」2:13

(30)「わたしはただひとりで酒ぶねを踏んだ。諸国の民はだれひとりわたしに伴わなかった。わたしは怒りをもって彼らを踏みつけ憤りをもって彼らを踏み砕いた。」「イザヤ書」63:3

(31)「わたしの肉を食べ、わたしの血を飲む者は、永遠の命を得、わたしはその人を終わりの日に復活させる。」「ヨハネによる福音書」6:54

(32)「人の子には枕する所もない。」「マタイによる福音書」8:20

(33)「イエスは振り向いてペトロに言われた。〈サタン、引き下がれ。〉」「マタイによる福音書」16:23

(34)「コヘレトは言う。なんという空しさ　なんという空しさ、すべては空しい。」「コヘレトの言葉（伝道の書）」1:2

(35)「目は見飽きることなく　耳は聞いても満たされない。」同　1:8

(36)「あなたはわたしを塵と死の中に打ち捨てられる。」「詩編」22:16

(37)「太陽の下、新しいものは何ひとつない。」「コヘレトの言葉」1:9

(38)「新しいぶどう酒を古い革袋に入れる者はいない。」「マタイによる福音書」9:17

(39)「聖なる、聖なる、聖なる万軍の主。」「イザヤ書」6:3

(40)「わたしはまことのぶとうの木、私の父は農夫である。」「ヨハネによる福音書」15:1

(41)「出エジプト記」15節、モーセとミリアムの歌を参照。

(42) イスラエルの状況を堕落した女性に譬えたこれらの詩行は「エレミヤ書」と「哀歌」に言及している。

(43)「酔っているが、ぶどう酒のゆえではない。」「イザヤ書」29:9

(44)「人の子よ、これらの骨は生き返ることができるか。」「エゼキエル書」37:3

(45)「見よ、わたしはお前たちの中に霊を吹き込む……肉を付け、皮膚で覆い、霊を吹き込む。すると、お前たちは生き返る……」「エゼキエル書」37:1-10

(46)「ルツ記」において、未亡人となったルツが義母のナオミのそばにとどまり、畑で落穂拾いをする。

註

ロセッティの詩における聖書への言及を註に記しました。聖書からの引用は新共同訳を用いています。

(1)「岩から蜜を滴らせて　あなたを飽かせるであろう。」「詩編」81:17
(2)「愛は死のように強く」「雅歌」8:6
(3)「ヨルダン川の水は堤を越えんばかりに満ちて」「ヨシュア記」3:15
(4)「待ち続けるだけでは心が病む。」「箴言」13:12
(5) 待ち続けることには、キリストを待つ5人の賢い乙女への言及がある。「10人のおとめがそれぞれともし火を持って、花婿を迎えに出て行く。そのうちの5人は愚かで、5人は賢かった。」「マタイによる福音書」25:1-13、「ルカによる福音書」12:35-40
(6)「人生はため息のように（語られた物語のように）消えうせます。」「詩編」90:9
(7)「彼らは闇を光とし、光を闇とし　苦いものを甘いとし、甘いものを苦いとする。」「イザヤ書」5:20
(8)「主はサタンに言われた。〈それでは、彼をお前のいいようにするがいい。ただし、命だけは奪うな。〉」「ヨブ記」2:6
(9)「ガラスの海」「ヨハネの黙示録」4:6
(10)「神は……ご自分の激しい怒りのぶどう酒の杯をこれにお与えになった。」「ヨハネの黙示録」16:19
(11)「戸を開けて逃げて来なさい。ぐずぐずしていてはならない。」「列王記下」9:3
(12) この連では天に迎えられ天に住まうことと、地上への未練との間に引き裂かれる様がうたわれている。
(13)「憐れんでくれ……あなたたちはわたしの友ではないか。」「ヨブ記」19:21
(14)「風は思いのままに吹く。あなたはその音を聞いても、それがどこから来て、どこへ行くかを知らない。」「ヨハネによる福音書」3:8
(15)「夜明けの星はこぞって喜び歌い　神の子らは皆、喜びの声をあげた。」「ヨブ記」38:7
(16) ケルビムは、神に仕えて玉座を支えたり、また守護霊ともなったりする天上の存在。「エゼキエル書」10章に登場する。天使の9階級において第2位で、知識を司る。
(17) セラフィムは、神の玉座に仕える6つの翼をもつ天使。9天使の最高位。「イザヤ書」6:2, 6を参照。「塵を嘗める」というのは蛇の動作やひれ伏す仕草を表す。「ミカ書」7:17、「詩編」72:11
(18)「人の知識をはるかに超えるこの愛を知るようになり」「エフェソの信徒への手紙」3:19
(19)「あなたの仰せを味わえば　わたしの口に蜜よりも甘いことでしょう。」「詩編」119:103
(20)「マタイによる福音書」27:37-40

高橋美帆『幻想の〈修道女〉 ブラウニング ロセッティ ホプキンズ』英宝社 2011年
滝口智子「イヴの娘たち —クリスティナ・ロセッティの劇的独白」『中国四国英文学研究』創刊号 2004年 1-11頁
————「オックスフォード運動の宗教的象徴の詩学」『北海道英語英文学』第37号 1992年 23-32頁
————「語り直される贖いの物語：女性のために —クリスティナ・ロセッティの『小鬼の市』」『文学と評論』第3集第4号 2005年 40-52頁
————「クリスティナ・ロセッティの象徴と保留」『文学と評論』第2集第7号 1990年 35-46頁
————「クリスティナ・ロセッティの『夢の国』における魂の眠り — 前千年王国論と類比—」『主題と方法 —イギリスとアメリカの文学を読む』平善介編 北海道大学図書刊行会 1994年 163-76頁
————「祝福された女性たち —クリスティナ・ロセッティとキリスト教終末論」『文学研究は何のため』長尾輝彦編著 北海道大学図書刊行会 2008年 175-90頁
平林美都子『待たされた眠り姫 —19世紀の女の表象』京都修学社 1996年

1897 年にウィリアムによって出版された自伝的小説 *Maude* の翻訳。

『クリスティーナ・ロセッティ　叙情詩とソネット選』 訳・注　橘川寿子　音羽書房鶴見書店　2011 年　*A Pageant and Other Poems* (1881) 所収の二つの連作ソネットの対訳含む。

『ゴブリン・マーケット』クリスティナ・ロセッティ　井村君江監修　濱田さち訳　レベル　ビレッジプレス　2015 年　ローレンス・ハウスマン、アーサー・ラッカム、マーガレット・タラントという三人の画家によるイラストを掲載。

『ありふれたこと』クリスティーナ・ロセッティ著　橘川寿子訳　溪水社　2016 年　小説集 *Commonplace and Other Short Stories* (1870) の表題作の翻訳。

『不思議なおしゃべり仲間たち』クリスティナ・ロセッティ著　アーサー・ヒューズ画　市川純訳　レベル　ビレッジプレス　2017 年　童話 *Speaking Likenesses* (1874) の翻訳。

＊　本翻訳詩集内の一部は、以下に発表した翻訳を改訂したものです。
滝口智子「『終の棲家へ』クリスティナ・ロセッティ作 ―翻訳と解説―」『経済理論』336 号　99-112 頁　和歌山大学経済学会　2007 年　和歌山大学学術レポジトリ url: http://repository.center.wakayama-u.ac.jp/1089
――――「クリスティナ・ロセッティの劇的独白 (1)『修道院の敷居』―解説と翻訳」『経済理論』341 号　127-35 頁　和歌山大学経済学会　2008 年　和歌山大学学術レポジトリ url: http://repository.center.wakayama-u.ac.jp/1121
――――「小鬼の市」クリスティナ・ロセッティ作　翻訳 『文学と評論』第 3 集 第 6 号 67-80 頁　2008 年
――――「クリスティナ・ロセッティの幽霊詩 『小鬼の市とその他の詩』より」『文学と評論』第 3 集第 12 号　53-65 頁　2017 年 「故郷にて」、「思い出して」、「死後に」、「時と幽霊」、「うた (わたしが死んだら)」、「修道院の敷居」掲載。

詩に現れるイメージについての参考文献
フリース、アト・ド 『イメージシンボル事典』 大修館書店　1984 年

和文 『小鬼の市とその他の詩』所収の詩とその周辺を論じた文献（著者名の五十音順）
市川純「『ゴブリン・マーケット』におけるセクシュアリティと暴力」英語英文学叢誌　(43) 31-45 早稲田大学英語英文学会　2013 年
桐山恵子『境界への欲望あるいは変身 ―ヴィクトリア朝ファンタジー小説』世界思想社 2009 年
坂川雅子「クリスティーナ・ロセッティ ―女性としての制約と信仰」『埋もれた風景たちの発見 ―ヴィクトリア朝の文芸と文化』中央大学人文科学研究所編　中央大学出版部 2002 年　163-206 頁
佐藤由美「涙を流すワニ ―クリスティーナ・ロセッティの『私の夢』を読む―」『超自然 ―英米文学の視点から』文学と評論社編　英宝社　2016 年　131-44 頁

Culture. Cambridge, Cambridge UP, 2002.

Smulders, Sharon. *Christina Rossetti Revisited*. New York, Twayne Publishers, 1996.

Takiguchi, Tomoko. "Christina Rossetti in Secrecy —Revising the Poetics of Sensibility". *Tradition and the Poetics of Self in Nineteenth-Century Women's Poetry*. Ed. Barbara Garlick. Amsterdam and New York: Rodopi, 2002. 177-92.

————. *Recasting Women's Stories In the Poetry of Felicia Hemans, Letitia Landon, and Christina Rossetti*. 博士論文、オランダ・ライデン大学　2011年　Leiden Univ. Repository url: https://openaccess.leidenuniv.nl/handle/1887/17621

Tennyson, G. B. *Victorian Devotional Poetry: The Tractarian Mode*. Cambridge: Harvard UP, 1981.

Trowbridge, Serena. *Christina Rossetti's Gothic*. London: Bloomsbury Academic, 2013.

Tucker, Herbert F. "Rossetti's Goblin Marketing: Sweet to Tongue and Sound to Eye". *Representations* 82 (Spring 2003): 117-33.

Vejvoda, Kathleen. "The Fruit of Charity: *Comus* and Christina Rossetti's *Goblin Market*". *Victorian Poetry*, vol. 38, no. 4 (Winter 2000): 555-78.

Waller, John O. "Christ's Second Coming: Christina Rossetti and the Premillennialist". *Bulletin of the New York Public Library* 73 (1969): 465-82.

Wheeler, Michael. *Death and the Future Life in Victorian Literature and Theology*. Cambridge: Cambridge UP, 1990.

和文　ロセッティの翻訳・評伝・注釈書（出版年順）

『海潮音』上田敏訳詩集　本郷書院　1905年　「花の教」の訳詩を含む。

『クリスティイナ・ロウゼッティ』竹友藻風著　研究社　1924年

『クリスティナ・ロゼッティ詩集』中村千代訳　開隆堂　1926年

『クリスチナ・ロセッティ詩抄』入江直祐訳　岩波文庫　岩波書店　1940年

『ロセッティ童謡集』*Christina Rossetti, Sing-Song: A Nursery Rhyme Book*. 大原三八雄訳注　研究社新訳註双書　1958年

『花と宝石』大原三八雄解説注釈　研究社小英文叢書　1964年 日記形式の散文 *Called to be Saints* (1881) より抜粋、注釈を施したもの。

『C・ロセッティ詩選』大原三八雄解説注釈　研究社小英文叢書　1972年

『ロセッティ詩集　また来る春に会えるなら』羽矢謙一訳　サンリオ　1981年

「小鬼の市」『新版魔法のお店』所収　荒俣宏編訳　ちくま文庫　1989年

「妖魔の市」矢川澄子訳　『ヴィクトリア朝妖精物語』所収　ちくま文庫　1990年

『純愛の詩人クリスチナ・ロセッティ 詩と評伝』岡田忠軒　南雲堂　1991年

「クリスティーナ・ロセッティ」川端康雄　『詩女神の娘たち』所収　沓掛良彦編　未知谷　2000年

『シング・ソング童謡集』クリスティーナ・ロセッティ著　安藤幸江訳　文芸社　2002年　オリジナル版のアーサー・ヒューズによるイラストを掲載。

『モード』クリスティーナ・ロセッティ著　上村盛人訳　溪水社　2004年 ロセッティの没後

Herendeen, Warren. "The Midsummer Eves of Shakespeare and Christina Rossetti". *Victorian Newsletter* 41(Spring 1972): 24-26.

Hullah, Paul. *We Found her Hidden: The Remarkable Poetry of Christina Rossetti*. Singapore: Partridge, 2016.

Kent, David A. Ed. *The Achievement of Christina Rossetti*. Ithaca: Cornell UP, 1987.

Kooistra, Lorraine Janzen. *Christina Rossetti and Illustration: A Publishing History*. Ohio: Ohio Univ. Press, 2002.

————. "Modern Markets for *Goblin Market*". *Victorian Poetry*, vol. 32, nos. 3-4 (1994): 249-77.

Leighton, Angela. "On 'The Hearing Ear': Some Sonnets of the Rossettis". *Victorian Poetry* vol. 47, no. 3 (Fall, 2009): 505-16

————. *Victorian Women Poets: Writing Against the Heart*. New York: Harvester Wheatsheaf, 1992.

Ludlow, Elizabeth. *Christina Rossetti and the Bible*. London: Bloomsbury, 2014.

Marsh, Jan. "Art, Ambition and Sisterhood in the 1850s". *Women in the Victorian Art World*. Ed. Clarissa Campbell Orr. Manchester: Manchester UP, 1995. 33-48.

————. "Christina Rossetti's Vocation: The Importance of *Goblin Market*". *Victorian Poetry*, vol. 32, nos. 3-4 (1994): 233-48.

Mason, Emma. *Christina Rossetti: Poetry, Ecology, Faith*. Oxford: Oxford UP, 2018.

Mayberry, Katherine J. *Christina Rossetti and the Poetry of Discovery*. Baton Rouge and London: Louisiana State Univ. Press, 1989.

Morrison, Ronald D. "'Their fruits like honey in the throat / But poison in the blood': Christina Rossetti and *The Vampyre*". *Weber Studies: An Interdisciplinary Humanities Journal*, vol. 14, no. 2 (Spring/ Summer 1997): 86-96.

Owens, Susan and Nicholas Tromans. Eds. *Christina Rossetti in Art*. New Haven: Yale Univ. Press, 2018.

Palazzo, Lynda. *Christina Rossetti's Feminist Theology*. New York: Palgrave, 2002.

————. *The Prose Works of Christina Rossetti*. Doctoral Dissertation, University of Durham, 1992.

Roe, Dinah. *Christina Rossetti's Faithful Imagination: The Devotional Poetry and Prose*. New York: Palgrave, 2007.

Rosenblum, Dolores. *Christina Rossetti: The Poetry of Endurance*. Carbondale and Edwardsville: Southern Illinois UP, 1986.

Sato, Yumi. "'No Friend Like a Sister': Womanhood and Poetic Vocation in Christina Rossetti". *Phoenix* (広島大学文学研究科英文学会), vol. 63, 2005:1-20.

————. *The Poetess and the Prostitute: Female Identity and Fallenness in Christina Rossetti and Elizabeth Barrett Browning*. 博士論文、広島大学　2010 年

Senaha, Eijun. *Sex, Drugs, and Madness in Poetry from William Blake to Christina Rossetti: Women's Pain, Women's Pleasure*. Lewiston: Mellen UP, 1996.

Scheinberg, Cynthia. *Women's Poetry and Religion in Victorian England: Jewish Identity and Christian*

Jones, Kathleen. *Learning not to be First: The Life of Christina Rossetti*. Oxford: OUP, 1991.

Marsh, Jan. *Christina Rossetti: A Writer's Life*. New York: Viking, 1994.

Thomas, Frances. *Christina Rossetti: A Biography*. Reading: Virago Press, 1994.

ロセッティの手紙

Rossetti, William Michael. Ed. *The Family Letters of Christina Georgina Rossetti*. New York: Haskell House Publishers, 1968. First Published in 1908.

Packer, Lona Mosk. Ed. *The Rossetti-Macmillan Letters: Some 133 Unpublished Letters by Dante Gabriel, Christina, and William Michael Rossetti*, 1861-1889. Berkeley and Los Angeles: University of California Press, 1963.

Harrison, Antony H. Ed. *The Letters of Christina Rossetti*. 4 vols. Charlottesville and London: Virginia, 1997-2004.

英文　ロセッティ研究　（著者・編者のアルファベット順）

Arseneau, Mary. "Incarnation and Interpretation: Christina Rossetti, the Oxford Movement, and *Goblin Market*". *Victorian Poetry* 31, 1(1993): 79-93.

————, Antony H. Harrison, and Lorraine Janzen Kooistra. Eds. *The Culture of Christina Rossetti: Female Poetics and Victorian Contexts*. Athens: Ohio UP, 1999.

————. *Recovering Christina Rossetti: Female Community and Incarnational Poetics*. New York: Palgrave, 2004.

Burlinson, Kathryn. *Christina Rossetti. Writers and Their Work*. Plymouth: Northcote House Pub Ltd, 1998. Revised in 2018. 手頃なロセッティ入門書。

Chapman, Alison. *The Afterlife of Christina Rossetti*. London: Macmillan Press Ltd., 2000.

D'Amico, Diane. *Christina Rossetti: Faith, Gender, and Time*. Baton Rouge: Louisiana UP, 1999.

————. "'Equal before God': Christina Rossetti and the Fallen Women of Highgate Penitentiary". *Gender and Discourse in Victorian Literature and Art*. Eds. Antony H. Harrison and Beverly Taylor. Dekalb: Northern Illinois UP, 1992. 67-83.

Edmond, Rod. *Affairs of the Hearth: Victorian Poetry and Domestic Narrative*. London: Routledge, 1988.

Escobar, Kirsten E. "Female Saint, Female Prodigal: Christina Rossetti's 'Goblin Market'". *Religion and the Arts*, vol. 5, nos. 1-2 (1 March 2001): 129-54.

Harrison, Antony. "Christina Rossetti and the Sage Discourse of Feminist High Anglicanism". *Victorian Sages and Cultural Discourse: Renegotiating Gender and Power*. Ed. Morgan E. Thaïs. New Brunswick and London: Rutgers, 1990. 87-104.

————. *Christina Rossetti in Context*. Brighton: The Harvester Press, 1988.

Hassett, Constance W. *Christina Rossetti: The Patience of Style*. Charlottesville and London: Virginia UP, 2005.

参考文献

クリスティナ・ロセッティ詩集

Goblin Market and Other Poems. London: Macmillan and Co., 1862. 本翻訳詩集の原本。

The Prince's Progress and Other Poems. London: Macmillan and Co., 1866.

Sing-Song: A Nursery Rhyme Book. Illustrated by Arthur Hughes. New York: Dover Publications, INC., 1968. Reproduction of the work originally published by George Routledge and Sons, London, in 1872.

Goblin Market, The Prince's Progress and Other Poems. London: Macmillan and Co., 1875.

A Pageant and Other Poems. London: Macmillan and Co., 1881.

Verses. Reprinted from "Called to be Saints", "Time Flies", "The Face of the Deep". London: Society for Promoting Christian Knowledge, 1896. (First published in 1893.)

The Poetical Works of Christina Georgina Rossetti with Memoir and Notes by William Michael Rossetti. London: Macmillan and Co., 1924. Rep. of 1904 edition.

The Complete Poems of Christina Rossetti, A Variorum Edition. Edited by R. W. Crump. 3 vols. London: Louisiana State UP, 1979-90.　本文校訂を施した全詩集。

クリスティナ・ロセッティ散文（および詩）作品

Speaking Likenesses. London: Macmillan, 1874.

Maude: Prose and Verse. Ed. R. M. Crump. Hamden, Connecticut: Archon Books, 1976. (First published in 1897.)

Prose Works of *Christina Rossetti*. 4 vols. Introduction by Maria Keaton. Bristol and Tokyo: Thoemmes Press and Edition Synapse, 2003. Vol.1: *Called to be Saints* (1881). Vol.2: *Letter and Spirit* (1883). Vol.3: *Time Flies* (1885). Vol.4: *The Face of the Deep* (1892).

Selected Prose of Christina Rossetti. Eds. David A. Kent and P. G. Stanwood. New York: St. Martin's Press, 1998.

Commonplace. Foreword by Andrew Motion. London: Hesperus Press Limited, 2005. (First Published in 1870.)

伝記・回想録・評伝

Bell, Mackenzie. *Christina Rossetti: A Biographical and Critical Study*. Boston: Roberts Brothers, 1898.

Rossetti, William Michael. "Memoir" in *The Poetical Works of Christina Georgina Rossetti with Memoir and Notes by William Michael Rossetti*. London: Macmillan and Co., 1924. Rep. of 1904 edition.

Stuart, Dorothy Margaret. *Christina Rossetti*. New York: Haskell House Publishers, 1930. Reprinted in 1971.

Thomas, Eleanor Walter. *Christina Georgina Rossetti*. New York: AMS Press, 1966.

訳者紹介

滝口智子（たきぐち　ともこ）

静岡県生まれ　北海道大学大学院修士課程修了 同大学院博士後期課程中退

ライデン大学（オランダ）にて文学博士号取得　和歌山大学他非常勤講師

専門：十九世紀イギリス文学・文化　特に女性詩人研究

共著書：*Tradition and the Poetics of Self in Nineteenth-Century Women's Poetry* (Rodopi) 『文学研究は何のため』長尾輝彦編（北大図書刊行会）『イギリス文化事典』（丸善出版）『文学と戦争』『超自然』『比喩』（以上文学と評論社編、英宝社）など

小鬼の市とその他の詩

クリスティナ・ロセッティ詩集

定価（本体 2200 円 + 税）

2019年 9月14日初版第1刷印刷

2019年 9月26日初版第1刷発行

翻訳・挿絵　滝口智子

発行者　百瀬精一

発行所　鳥影社 (choeisha.com)

〒160-0023 東京都新宿区西新宿3-5-12トーカン新宿7F

電話 03-5948-6470, FAX 03-5948-6471

〒392-0012 長野県諏訪市四賀229-1(本社・編集室)

電話 0266-53-2903, FAX 0266-58-6771

印刷・製本　シナノ印刷

ISBN978-4-86265-762-6　C0098